KB124010

로크미디어가
유혹하는
재미있는 세상

ROK
MEDIA
로크미디어

이것이 삶이다

이것이 법이다 106

2021년 2월 4일 초판 1쇄 인쇄
2021년 2월 9일 초판 1쇄 발행

지은이 자카예프
발행인 이종주

총괄 김정수
경영 지원 배진경 임혜솔 송지유

기획 이기헌 왕소현 박경무 강민구
책임 편집 최전경

발행처 (주)로크미디어
출판등록 2003년 3월 24일
주소 서울시 마포구 성암로 330 DMC첨단산업센터 3층 318호, 319호
Tel (02)3273-5135 **편집** 070-7863-8592 **Fax** (02)3273-5134
홈페이지 rokmedia.com **E-mail** rokmedia@empas.com

이것이 법이다

106

자카예프 장편소설

로크미디어

CONTENTS

결혼은 인생의 무덤이라더니

결혼.

두 남녀가 하나가 되어서 가정을 꾸리고 미래를 향해 나아가는 것.

축복받아야 하고 또 행복해야 하는 일이다.

물론 결혼은 인생의 무덤이라는 말도 있다.

그런데 가끔 진짜로, 결혼이 인생의 무덤이 될 수 있는 경우가 있다.

바로 딱 지금 같은 경우 말이다.

"이거 벗어나기 힘들겠지요?"

무태식은 자신에게 온 사건을 노형진에게 가지고 와서 이야기를 하기 시작했다.

그의 생각으로는 도무지 답이 없어 보였기 때문이다.

"이거 빼도 박도 못하게 실형이 나오겠는데요? 물론 단순 폭행이라 길어야 1년 정도겠지만."

"하지만 이건 억울한 사건인데요."

"의뢰인 입장에서는 억울하겠지요. 하지만 우리 입장에서는 진실을 알 수가 없지 않습니까?"

"그건 그렇지요."

노형진은 머리를 벅벅 긁었다.

무태식이 가지고 온 건 폭행 사건이었다.

한국인 남성이 외국인 아내를 무차별적으로 폭행한 사건.

"한두 번 때린 것도 아니고 몰래카메라까지 달았을 정도면 상습 폭행이었다는 건데."

노형진은 머리를 긁적거렸다.

이런 상황이면 징역 1년 정도는 나온다.

"그런데 의뢰인 쪽은 여자가 맞을 짓을 했다고 하던데요."

"그 말을 안 하는 가정 폭력범 있습니까?"

"하긴 그렇기는 하네요."

거의 대부분의 가정 폭력범들이 고발당하면 하는 말이, 상대방이 맞을 짓을 했다는 주장이다.

물론 그런다고 해서 폭행이 정당화되는 것은 아니다.

"하지만 의뢰인이 말한 게 사실이면 이건 진짜 맞을 짓이라고 할 수밖에 없는데요. 물론 폭행이 결코 좋은 해결 수단은 아니지만요."

"쩝…… 의뢰인에 대해 알아봐야겠지만 그건 맞네요. 여자 쪽에서도 잘한 건 하나도 없어요."

의뢰인 강두건은 태국 출신의 티타라는 여성과 결혼했다.

사랑보다는 국제결혼 브로커를 통한 결혼이었고, 노형진은 그다지 반기지 않는 방법이다.

"하지만 그 티타라는 여자도 이해가 가지 않는 것은 사실이네요."

누군가에게 맞을 만했다고 하거나 맞을 짓을 했다고 하는 것은 못 할 말이지만, 그 티타라는 여자도 배우자를 무척이나 많이 자극했다.

국제결혼을 하기 위해서는 최소한의 언어 공부를 해야 한다.

정부에서는 국제결혼의 폐해를 막기 위해 한국어 시험 1급 이상을 요구하고 있다.

그리고 티타는 그 시험을 통과하여 한국에 입국했다.

"그런데 고의적으로 한국어를 하지 않았다네요."

1급이라고 하면 최소한의 듣고 말하기는 된다.

그런데 티타는 절대 한국어를 하지 않았다.

"심지어 생활 자체도 제대로 되지 않았고요."

결혼이 단순히 애를 낳아 주는 게 아니다.

생활 자체를 같이 영위해야 한다.

그런데 티타는 남편이 사 오는 모든 한국 음식을 가져다

버리고 오로지 태국 음식만 해서 먹였다.

물론 태국 음식이 맛없는 건 아니다.

하지만 한국 음식에 길들여진 한국 사람이 그게 좋을 리
없다.

"더군다나 결혼 이후에 온갖 핑계를 대면서 6개월째 섹스
리스 상태를 유지하고, 태국의 가족들에게 매달 100만 원의
생활비를 보냈다 이거죠?"

"네."

이 정도만 해도 남자가 화가 안 날 수가 없다.

그런데 그 와중에 결국 일이 터졌다.

결혼한다고 해서 부모와의 연이 끊어지는 것은 아니다.

강두건의 어머니가 아들을 위해 바리바리 음식을 싸서 보
내 줬다.

그건 나쁜 일이 아니었다. 부모님의 사랑을 느낄 수 있는
부분이었다.

그런데 그 음식이 오자마자 티타는, 자기는 이런 거 안 먹
는다면서 모조리 음식물 쓰레기통에 버렸다.

상식적으로 말이 안 되는 행위를 한 것이다.

아무리 그녀 자신이 먹지 않아도 남편은 먹을 테니까.

그런데 그걸 모조리 음식물 쓰레기로 버린다?

그건 전통과 이해의 문제가 아니라 상대방에 대한 도발이다.

결국 참고 참던 강두건이 주먹을 휘둘렀고, 그때부터 강두

건의 폭행이 시작되었다.

아무리 말로 해도 고칠 생각을 하지 않았으니까.

그런데 그때부터 모든 것이 다 촬영되고 진단서가 나왔다.

그리고 이번에는 고소가 진행된 거고.

"어떻게 생각하십니까?"

무태식은 노형진을 보면서 말했다.

노형진은 긴 한숨을 쉬었다.

"이 말이 사실이라면 티타는 고의로 폭력을 유발한 거라고
봐야지요."

"역시나 그렇군요. 국적이 문제겠지요."

노형진은 고개를 끄덕거렸다.

"흔하지 않지만요. 없는 사건은 아니니까요."

이런 식의 결혼은 아무래도 부당한 게 사실이다.

아무리 당사자들끼리의 거래에 의한 결혼이라고 해도 말
이다.

"그리고 그 거래라는 게, 아무래도 양쪽 다 정당하다고 느
낄 수는 없는 노릇이니까요."

이런 거래 형식에서 남자가 여자 쪽에 요구하는 것은 정서
적 만족감과 성욕의 충족 그리고 출산 등이다.

그리고 여자는 남성에게 돈과 안정을 요구한다.

"문제는 어느 쪽이든 틀어질 수 있다는 거구요."

남자 쪽은 폭력 성향이 있는 미친놈일 수도 있다는 위험이

있다.

반대로 여자는 목적이 있어 남자를 속이는 경우가 많다. 보통은 국적을 노리는 경우가 이에 해당한다.

"아무래도 이번 사건은 후자 같지요?"

"네. 아무리 문화적으로 차이가 난다지만 이 정도로 상대방을 이해하지 못하고 극단적으로 도발하는 경우는 없습니다."

"도발이라……."

"도발이지요. 다른 것도 정상적이지는 않습니다만, 자기가 안 먹는다는 이유로 시어머니가 준 음식을 모조리 쓰레기통에 처박는다고요?"

그건 상식적으로 말이 안 된다.

부모에 대한 공경은 세계 어느 나라를 막론하고 기본 개념이니까.

"역시 때리게 하기 위해 도발한 거라고 생각하시는 거군요."

"여자 입장에서는 그게 유리하거든요."

노형진은 고개를 끄덕거리며 말했다.

일반적으로 국제결혼을 했는데 이혼을 하는 경우, 특히 배우자의 잘못으로 이혼한 경우 이혼당한 외국인 배우자에게 한국에 살 권리가 주어진다.

쉽게 말해서 영주권이 나오는 것이다.

"그리고 국적을 따기도 쉽지요."

한국 남자와 결혼해서 한국에 왔는데 그의 폭력으로 인해 이혼하는 경우 동정심을 쉽게 살 수 있다.

물론 결혼한 상태에서 한국 국적을 따는 것도 방법이 되기는 하지만, 그런 경우에는 여러 가지 제약이 따라온다.

일단 이 결혼이 국적을 따기 위한 사기 결혼이 아닌지 확인하기 위해 일정 기간을 같이 살아야 하는 데다 그 과정에서 아이가 생길 수도 있다.

보통은 아이를 가지기 위해 노력하니까.

"만일 영주권이나 국적을 따는 게 여자의 목적이라면 최악의 상황인 셈이지요."

왜냐하면 그런 여자들의 목적은 먼저 본인이 국적을 딴 후자기 가족들을 초청 형식으로 데려오는 것이기 때문이다.

"하지만 국제결혼을 해도 초청에는 문제가 없지 않습니까?"

"물론 가족만이라면 그렇지요."

노형진은 씁쓸하게 미소 지었다.

"그런데 그중에 남친이 있는 경우가 종종 있거든요."

"아……."

"어찌 되었건 많지는 않지만 이런 사건이 없는 것은 아닙니다. 돈으로 하는 국제결혼의 폐해지요."

노형진은 서류를 넘기면서 안타깝게 말했다.

"강두건 씨는 돈을 주고 사람을 사 온 겁니다. 그리고 그건 이런 부담을 감수해야 한다는 뜻이구요."

그러니 그는 그들에게 당했다고 봐야 한다.

"그렇다고 해서 그냥 놔둘 수는 없지 않습니까? 보아하니 아무리 봐도 그 뒤가 목적인 것 같은데."

노형진은 사건을 보다가 입으로 끌끌 소리를 냈다.

"일단 중요한 건 형사사건이 아닌 것 같습니다."

"네? 그게 무슨 소리입니까? 우리가 받은 사건은 형사사건입니다만?"

"맞습니다. 문제는 폭행 현장을 찍은 장면과 진단서가 명백하게 있다는 거지요."

촬영한 영상이 하나밖에 없다면 조작했다거나 도발을 해서 고의로 맞았다는 식의 방어라도 생각해 볼 수 있다.

가령 갑자기 예정에도 없는 걸 촬영한 걸 보니 이건 함정일 가능성이 높다는 식으로 말이다.

하지만 강두건이 때린 사람은 그의 아내인 티타였고, 그 건수가 한두 개가 아니다.

"그런 경우는 함정이라고 보기는 힘들지요. 도리어 상습폭행으로 인해 아내가 자기 구제 대책으로 촬영했다고 보는 게 맞으니까요."

그러니 재판에서 그걸 부정할 수는 없다.

실제로 촬영된 영상만 다섯 개가 넘는다. 누가 봐도 상습폭행이다.

"그 과정에서 있었던 일은 절대 드러나지 않을 테고요."

"그래도 캐묻는다면요?"

"아마도 한국 인권 단체에서 검찰을 씹어 먹으려고 할 겁니다. 그 새끼들은 약자면 무조건 선하다고 생각하지 않습니까? 이번 사건, 인권 단체에서 끼어들지 않았나요?"

무태식이 긴 한숨을 내쉬었다.

"그렇잖아도 외국인여성구조협회라는 곳에서 끼어들었습니다. 아주 게거품을 물면서 강두건 씨를 사형에 처하라고 주장하고 있습니다."

"사형요? 이거 답이 안 나오는 곳이군요."

이런 인권 단체도 두 가지 타입이 있다.

첫 번째는 그 목적이 보호인 곳.

그들은 개인적인 사건이나 재판에 영향력을 끼치려고 하지 않는다. 다만 사회적 약자인 외국인 아내에게 보호를 제공하고 재판을 도와주는 곳들이다.

사실 정상적인 단체는 그런 단체들이다.

"이번에 엮인 곳 같은 곳이 문제란 말이지요."

두 번째 타입이 이번에 끼어든 외국인여성구조협회라는 곳이다.

그런 곳은 정의라는 이름하에 터무니없는 처벌을 요구하고, 언론을 이용하여 이슈화해 지원금을 받아 내려고 한다.

"사형이라니, 어이가 없네요."

사람을 죽여도 사형은 쉽게 언도되지 않는다.

그런데 아무리 상습 폭행이라지만, 아직 수사도 다 이루어지지 않았는데 사형?

"웃긴 일이지요."

애초에 인권이라는 게 뭔가? 인간이 가진 보편적인 권리를 인권이라고 한다.

그리고 사형은 그 권리를 박탈하는 가장 극단적인 방법이다.

그래서 많은 나라들이 사형제를 폐지하는 상황이고.

그런데 자칭 인권 단체라는 곳이 사형을 외친다?

아무리 인권의 대상이 다르다지만 인권 단체로서 최소한의 기본도 안 되어 있다.

"조만간 언론이 붙겠는데요?"

그들은 이런 사건을 이슈화하고 기부금을 받고 싶어 한다. 당연히 그들과 관련된 언론사가 붙을 것이다.

"이거 완전히 골 때리는데. 이러면 징역 3년까지도 가능할 겁니다."

물론 사람을 때린 것이 잘한 일이라고는 할 수 없다.

그러나 그렇게 할 수밖에 없도록 상대방이 몰아간 거라면 그는 함정에 빠진 것이다.

"이 사건은 형사를 최대한 끌어야겠네요. 일단 구속만 면하고 말이지요."

"그러면 뭘 하시려고요?"

"일단 이혼소송부터 시작해야 합니다."

"이혼소송요?"

"그렇습니다. 형사사건에서 우리가 뭘 내밀어도 법원에서는 쉽게 인정하지 않을 겁니다. 하지만 재판부에서 이미 인정받은 거라면 상황은 좀 달라지지요."

"아하!"

재판부에서 합법 증거라고 인정받은 걸 형사재판부에서 부정할 수는 없다.

"형사는 최대한 시간을 끄세요. 아니, 구속만 면하면 시간은 끌 수 있으니까, 가능하면 빠르게 이혼소송을 진행합시다."

노형진은 마음이 급해졌다.

⚖️

"이혼요? 저는 감옥에 가는 게 문제인데요?"

"이혼이 문제입니다. 재판은 개별처럼 보이지만 유기적으로 묶여 있습니다."

노형진은 강두건에게 최대한 일을 서두르자고 했다.

하지만 강두건은 이해하지 못하는 표정이었다.

"서둘러 이혼해서 제가 이득 보는 게 뭐가 있다고요?"

결혼한 지 얼마 되지도 않았기에 재산을 분할할 이유도 없다.

물론 얼마 정도의 위자료는 줘야겠지만, 어차피 폭행이 벌어진 이상 돈을 줘야 하는 것이 현실이다.

"돈이 문제가 아니라 형량이 문제입니다."

"형량?"

"그렇습니다. 현재 형사사건은 아직 진행 중입니다. 당연히 이혼 중인 소송에 영향이 없지요. 하지만 형사가 끝나고 나면 상황은 달라집니다."

현 상황에서는, 형사사건에서 그의 책임이 인정될 가능성이 크다.

그리고 그 자료가 가정법원으로 넘어가면 당연히 가정법원은 그걸 인용할 테고 위자료가 확 뛸 것이다.

"상습 폭행으로 인해 잘못이 인정되었으니까요."

"으음……."

"반대로 이혼소송에서 우리가 유리한 판결을 이루어 낼 수 있다면, 가정법원의 재판 기록이 형사 쪽으로 넘어갑니다. 폭행 자체를 부정하지는 못하겠지만 그 정황이 참작되면 형량이 많이 줄어들 겁니다."

"그런가요?"

"네. 그러니 우선은 아내분인 티타와의 이혼에 매달려야 합니다."

"하지만 그 미친년이, 하아! 제가 말하지 않았습니까? 그 여자는 결혼한 그 순간부터 저를 도발했다니까요!"

노형진은 고개를 끄덕거렸다.

그의 말이 맞다.

혹시나 그가 거짓말할 것에 대비해서 그의 기억을 읽었는데, 이건 누가 봐도 대놓고 벌인 도발이었다.

사실 자신들에게 한 말은 그녀가 한 도발의 극히 일부에 지나지 않았다.

그의 기억을 읽어 보면 도리어 그는 신경이 굵은 타입이었다.

다른 사람은 그 정도 일이 터지기 전에 이미 주먹이 나갔을 것이다.

"일단 확실하게 말씀드리자면, 폭행죄에서 무죄를 받을 수 있는 방법은 없습니다. 그건 아시죠?"

"끄응, 무태식 변호사에게 들었습니다."

워낙 증거가 명확한 상황이다.

이런 상황에서 무죄가 되는 것은 오로지 정당방위뿐이다.

"하지만 현 상황이 정당방위가 되지는 못합니다."

"하지만 티타가 먼저 도발한 겁니다!"

"그게 증거에는 없습니다. 더군다나 한국은 정서적 폭행에 대한 정당방위는 존재하지 않습니다."

다른 나라들은 정서적 폭행에 대한 정당방위가 어느 정도 인정된다.

쉽게 말해서 상대방이 고의적으로 도발하면서 유도했다면, 폭행이 이루어져도 어느 정도의 융통성은 보여 주는 것이다.

실제로 미국은 지속적으로 괴롭힘과 폭행을 당하던 왕따 피해자가 저항하던 끝에 결국 가해자를 죽인 사건에서 정당방위를 인정하기도 했다.

가해자로 인식된 사람이 다가오는 것 자체가 생명과 안전에 위협이 된다는 걸 인정한 것이다.

"하지만 한국은 아니지요. 한국은 때리라고 얼굴을 들이밀었다고 해도, 진짜로 때리는 순간 폭행입니다."

한국은 최소한의 자기 구제를 인정하지 않는다.

"그러니 정서적 학대로 때린 이상 그때부터는 폭행범 맞습니다. 다만 정상참작의 여지가 있을 뿐이지요."

문제는 그 정상참작의 여지다.

현 상황에서 구속은 면했다지만 강두건은 실형을 피할 수가 없는 상황이다.

상습 폭행이니까.

더군다나 여성 단체에서 끼어들면 더더욱 난리가 날 테고 말이다.

"하지만 정상참작이라면 벌금이나 집행유예로 끝낼 수 있습니다."

강두건은 그런 경우에 타격을 입을 만한 공직 근무자가 아니기 때문에 거기까지만 가도 성공이다.

"하지만 실형이 나오면 치명적이지요."

그 기간 동안 일을 못 하는 건 당연하다.

그리고 그사이에 고객들이 기다리지는 않을 테니 다른 곳과 거래를 시작할 테고, 그럼 그의 사업은 망할 수밖에 없다.

"우리의 목표는 최소한의 벌금이나 집행유예로 정리하는 겁니다."

"……."

"억울한 건 압니다. 하지만 현실이 그렇습니다."

"후우."

강두건은 애써 마음을 정리하고는 나지막하게 입을 열었다.

"그러면 그년한테 복수할 방법은 없습니까? 제가 그 여자한테 당한 걸 생각하면 가슴에서 천불이 납니다."

강두건은 그녀와 결혼한 지 무려 2년이 지났다.

그런데 이 결혼의 과정이 문제다.

결혼한 건 2년 전인데 입국한 건 1년 전이다.

"저는 진짜 최선을 다했습니다."

결혼한 건 태국 현지에서였다.

그런데 한국 법상 한국에서 국제결혼을 신고하려면 최소한의 한국어 실력을 요구한다.

사업을 멈출 수는 없으니 당연히 결혼식 이후에 첫날밤을 지내고 그는 한국으로 들어왔고, 1년간 티타가 공부할 수 있도록 매달 200만 원 정도의 돈을 보냈다.

그렇게 1년을 보냈다.

그리고 1년 뒤 그녀가 한국에 들어온 후에도 가족들의 생활비로 매월 100만 원을 보냈다.

"전형적이네요."

"전형적이라고요?"

"전형적인 국제결혼 과정입니다. 문제는 그런 행동이 사기의 가능성이 너무 많다는 거지요."

선결혼 후공부라는 방식. 그건 아무래도 사기가 들어갈 가능성이 높다.

일단 결혼이 이루어졌으니 가능하면 빨리 아내가 한국에 들어오게 하기 위해 한국 남자들은 당연히 지원한다.

"문제는 그 공부를 하는 과정을 추적할 수가 없다는 거지요."

그 기간이 마냥 늘어져도 그 책임을 물을 수 있는 사람이 없다.

"중개 업체에 따져 봐야 개인이 공부 못하는 거니 자기 책임이 없다고 했을 테고요."

강두건은 순간 똥 씹은 얼굴이 되었다.

실제로 그랬으니까.

"애초에 학원비가 그렇게 나올 수도 없고요."

"네?"

"태국 평균 월급이 얼마인지 아십니까?"

"그, 글쎄요."

"하아."

이게 문제다.

대부분의 국제결혼을 하는 사람들은 상대방 국가에 대해 잘 알지 못한 채로 그냥 결혼이라는 목적만 달성하려고 한다.

"1만 5천 바트입니다. 도심지 노동자 기준으로요."

"그런가요?"

"그러면 보내 주신 200만 원은 몇 바트일까요?"

"그건 저도 잘 모르겠습니다."

"약 5만 1천 바트입니다."

강두건은 입을 다물었다.

그러니까 그가 학원비라고 매달 보내 준 200만 원이 평균 임금의 세 배가 넘는 돈이라는 소리였다.

"상식적으로 태국에서 학원비가 그 정도 나올 것 같습니까?"

"……."

학원비라는 것은 상식적인 수준에서 결정되기 마련이다.

물론 공무원 시험같이 특수한 목적을 하는 경우 수백만 원씩 들기도 하지만, 그건 국영수와 역사 등 온갖 강의가 다 섞여 있기 때문이다.

하지만 그녀가 배운 건 오로지 한국어 하나뿐이다.

"단과반은 한국에서도 30만 원 정도밖에 안 합니다. 그 돈이면 태국에서는 아예 가정교사를 두고 배워도 될 겁니다."

"……."

애초에 처음부터 당했다는 생각에 강두건은 뭐라고 말을 할 수 없을 정도로 비참한 얼굴이 되었다.

"일단 그 부분을 가지고 이혼소송을 하기는 해야겠네요."

노형진은 차분하게 말했다.

"복수하고 싶으시다고요? 해 드리지요. 그게 변호사니까요. 다만 다음번에는 이렇게 멍청한 짓은 좀 하지 않으셨으면 좋겠네요."

차가운 말이지만 현실을 알려 주는 말에 강두건은 그저 고개를 숙일 뿐이었다.

노형진은 일단 외국인여성구조협회를 찾아갔다.

"이건 두 사람 사이의 문제입니다. 협회에서 섣불리 언론 홍보를 하지는 말아 주셨으면 합니다."

그들이 정치적으로 이슈화하기 전에 틀어막아 볼 생각이었다.

하지만 외국인여성구조협회의 차수경 대표는 노형진의 말에 전혀 수긍하지 않았다.

"이게 왜 두 사람만의 문제이지요? 이건 사회적인 모욕이고 약자에 대한 공격이에요!"

"그게 확실하지 않으니까 협조를 요청하는 겁니다. 현재 조사해 본 것에 따르면 아내분인 티타 씨가 도리어 도발한 것으로 의심되고 있습니다."

"도발이라니요?"

"말 그대로 폭력을 유도하고 그걸 촬영해서 이혼에 써먹으려고 하는 부분이 의심스럽다는 말입니다."

"그건 가해자 주장이고……."

"가해자의 주장이라지만 과도한 금전 요구 등 의심스러운 정황이 있습니다."

노형진은 차분하게 설명을 하면서 그녀에게 협조를 요청했다.

어차피 서로 격하게 싸워 봐야 불리한 건 자신들이니까.

"정황이라고요?"

"그렇습니다. 물론 여성분에 대한 보호를 하지 말라는 게 아닙니다. 하지만 최소한 해당 정보에 대한 분석이 끝날 때까지는 예단을 말라는……."

노형진이 차분하게 말하려고 하자 차수경이 소리를 빽 질렀다.

"당신! 외국인 결혼 여성의 폭행 피해 비율이나 알고 하는 말이에요?"

"네?"

"얼마나 많은 이주 여성이 남편이라고 불리는 짐승들에게 맞고 사는지 아냐고요! 무려 41%예요! 41%! 그런데 어떻게 짐승 편을 들 수 있어요?"

순간 노형진은 조용히 신음했다.

'말 안 통하겠구만.'

그녀의 말대로 이주 여성에 대한 폭행이 실제로 많이 일어

나긴 한다.

그럴 수밖에 없다. 한국 여성이 아닌 외국 여성과 결혼하는 사람들 중에는 강두건처럼 브로커를 통하는 사람도 많은데, 그중에는 자격지심 때문에 아내에게 주먹질을 하는 놈들이 있으니까.

그것도 41%나 된다.

그러나 이는 반대로 생각하면 나머지 59%는 행복하게 잘 살고 있다는 소리가 된다.

"41%가 맞고 산다고 해서 모든 국제결혼에 다 폭행이 동반되는 건 아니지요."

"하지만 이번에는 증거가 있잖아요! 그 동영상 못 보셨어요?"

"물론 봤습니다. 그래서 저희도 유죄를 부정하지는 않습니다. 하지만 그 전후 관계의 확인이 필요하다는 거지요."

"도대체 무슨 전후 관계 확인이 필요하다는 거지요?"

노형진은 이 여자를 어떻게 설득할까 고민했다.

그러다가 조심스럽게 입을 열었다.

"혹시 외국인 노동자의 국내에서의 살인 비율 아십니까?"

"뭐요?"

"아니면 외국인 노동자에 의해 벌어지는 성추행이나 강간 사건의 숫자는요?"

"내가 그걸 왜 알아야 하지요?"

코웃음을 치는 차수경. 그건 자신과 하등 관계가 없는 일이니까.

"바로 그겁니다."

"뭐요?"

"그 사건의 비율이 중요한 게 아닙니다. 그들은 한국 국민에게 피해를 줬지만, 외국인 노동자들이 다 그런 건 아니라는 말입니다. 케이스 바이 케이스, 그게 바로 법의 기본입니다. 남자가 폭력을 썼다고 해서 모든 남자가 범죄자인 건 아니라는 뜻이죠."

"그런 궤변이 어디 있어요?"

"궤변이 아닙니다. 아까 41%가 폭력을 겪었다고 했지요? 그러면 59%는 멀쩡하게 살고 있다는 거 아닙니까? 비율로 본다면 멀쩡한 집이 더 많다는 겁니다."

"그건……."

"일부는 절대 전부를 대변할 수 없습니다. 특히 이런 형사 사건에서는요. 반대로 여쭈어 보지요. 이러한 사기성 결혼의 비율은 아십니까? 설마 사기성 결혼이 없다고 주장하실 건 아니겠지요?"

극소수이기는 하지만 없는 사건이 아니다.

"……."

"이 사건에 있어 여성에 대한 보호를 저희가 막지는 않습니다. 하지만 무조건 여자가 선한 존재, 외국인 신부가 바른 존재라 생각하실 게 아니라 왜 이런 사건이 벌어졌는지 최소한 확인이라도……."

"폭력범을 위한 그런 논리에는 수긍할 수 없네요. 나가 주셨으면 좋겠네요."

노형진은 어떻게 해서든 설득을 하려고 했지만 차수경은 단호하게 그의 말을 잘랐다.

"폭력범을 위한 논리가 아니라, 법 과정에서 섣불리 판단하지 말라는……."

"이 문제는 사회적으로 지탄받아 마땅합니다. 약자에 대한 폭력을 이런 식으로 옹호하는 사람과는 대화할 생각이 없습니다. 당장 나가세요! 안 그러면 경찰을 부르겠습니다!"

차수경의 단호한 말.

결국 노형진은 입맛을 쩝쩝 다시면서 자리에서 일어났다.

'뭐, 예상은 했지.'

이들의 목적은 돈이다.

그리고 사회적으로 돈이 되는 사건을 포기할 리 없다.

"알겠습니다. 다음번에는 법정에서 뵙게 되겠네요."

노형진은 자리에서 일어나 바깥으로 나왔다.

앞으로 재판이 영 힘들 것 같은 느낌이었다.

"그래서 그쪽에서는 거절했다고요?"

"거절했다기보다는, 아예 우리 쪽 이야기를 들어 줄 생각이 없네요."

노형진은 어깨를 으쓱했다.

"외국인여성구조협회는 이 사건을 공론화하기로 작정했습니다. 물론 그게 나쁜 건 아닙니다만, 정작 다른 사건은 두고 이 사건만 건드린다는 게 문제지요."

"그게 무슨 말씀이십니까?"

무태식은 갸웃했다.

이야기를 듣기는 했지만, 이 사건을 고른 게 문제라니?

"그들이 그러더군요, 이주민 여성 중 41%가 폭력을 겪고 있다고요."

"그래요? 생각보다 높은 비율이네요."

"네. 그건 뭐, 현실적으로 해결해야 하는 문제이기는 하지요."

"그런데 그게 이번 사건과 무슨 관계가 있다는 건지요?"

"이주민 여성의 41%가 맞고 사는데 말입니다. 외국인여성구조협회는 지금까지 그걸 전혀 공론화하지 않았습니다. 그게 문제입니다."

한국에서 외국인 여성에 대한 폭력 사건이 많이 일어나는 것은 현실이다. 노형진도 그걸 부정하지는 않는다.

"최소한 백 명 이상의 피해자가 매년 발생합니다. 그런데 지금까지 그들은 그걸 공론화하지 않았지요. 그런데 왜 이번 사건만 공론화하겠다고 하겠습니까?"

"증거의 여부 때문 아닌가요?"

"생각보다 동영상 증거는 많습니다."

외국인 여성들은 한국을 낯설어하고 적응에 어려움을 겪는다.

하지만 그렇다고 해서 그들이 바보는 아니다. 스마트폰은 전세계에서 유통되고 있고, 빈국이라고 해서 없는 것은 아니다.

사실 빈국들에 스마트폰이 더 빠르게 퍼진다.

일단 광랜선이나 전화선은 그 기반 자금이 어마어마하게 많이 들어간다.

거기에다 이제는 시대가 바뀌어 가고 있다.

그에 반해 스마트폰은 그냥 기지국 하나만 박아 두면 된다.

그래서 도리어 빈국에서는 일반 전화보다 쉽게 구입할 수 있는 게 스마트폰이다. 전화선을 까는 비용보다는 기지국 설치하는 비용이 훨씬 싸니까.

당연히 빈국이라고 해서 스마트폰에 익숙하지 않을 거라고 생각하는 것은 잘못된 편견이다.

"사실 동영상을 촬영하는 건 아주 쉽습니다. 녹음도 얼마든지 가능하고요."

실제로 이러한 가정 폭력 사건에서 몰래 찍은 동영상이나 녹음 파일이 나오는 경우는 흔하다.

과학기술이 그만큼 발전했으니까.

"심지어 아이까지 있고 그 아이에 대한 폭행이 동반된 경우도 있지요. 사실 공론화하려면 그런 사건을 들고나오는 게 더 맞습니다. 아이에게 손대는 놈들은 인간 망종이니까."

"흠…… 그러네요."

무태식은 그제야 이상하다는 생각이 들었다.

공론화하려고 한다면 얼마든지 더 강력한 사건이 있었다.

이번 사건에서 폭행은 따귀를 때리는 정도였고 얼굴에 멍이 드는 수준의 피해가 발생했지만, 당장 무태식이 알기에는 골절 등이 벌어진 사건들도 적지 않으니까.

심지어 외국인 아내를 살해한 살인 사건도 있었다.

그런데 정작 그런 사건은 이슈화되지 않았다.

"그런데 이번 사건만 콕 집었지요. 물론 시기 문제도 있겠지만……."

노형진은 사건 기록을 확인했다.

비슷한 시기에 비슷한 다른 사건이 터졌다. 그리고 피해는 그쪽이 더 강했다.

세 살 된 아이는 갈비뼈 골절과 뇌진탕, 아이의 엄마는 팔과 다리 골절이었다. 그리고 전신에 타박상을 입었다.

현재 그들은 다른 사회단체의 도움으로 재활을 하는 상황이었다.

"그런데 그 사건에는 관심이 없더군요."

"그건 다른 사회단체에서 하고 있어서 그런 거 아닙니까?"

"사회문제가 무슨 재판입니까?"

아니, 재판이라고 해도, 선임계만 대면 다른 변호사들도 그 재판에 참여한다.

대형 사건은 그런 경우가 많다.

법적으로 그 사건에 대해 무슨 독점권이 있는 것도 아니고, 사회단체가 그 사건을 하지 못할 이유는 없다.

더군다나 현재 그들을 보호하는 사회단체는 그렇게 권력적이거나 여론 몰이를 하는 타입이 아니다.

그러니 외부에서 뭔가를 하고자 한다면 외국인여성구조협회가 충분히 할 수 있다.

"그런데 왜?"

"그건 모르지요. 그들의 마음을 어떻게 알겠습니까?"

노형진은 그렇게 말했지만 한 가지 가능성은 예측하고 있었다.

'무섭겠지.'

자신의 아내에게 주먹을 휘두르는 자들.

그들은 대부분 폭력적이고 극단적 성격이다.

당연히 그들은 여차하면 아내가 아니더라도 다른 사람에게 폭력을 행사하기도 한다.

그것도 주먹이 아니라 다른 흉기를 이용해서 말이다.

방금 전 사건도 야구 배트로 폭력을 행사했고, 외국인 아내는 아이를 지키기 위해 온몸을 두들겨 맞아야 했다.

그런 놈이니 미쳐서 휘발유를 들고 와서 불을 지를 수도 있는 일이다.

'그렇지만 이쪽은 아니지.'

폭행도 단순 폭행이고 그런 사건보다 강도도 낮은 편이다. 그러니 자신들이 보복당할 가능성도 낮아진다.

'참…… 편하게 산다.'

노형진은 차마 말하지 못하고 속으로만 혀를 끌끌 찰 수밖에 없었다.

"일단 그쪽에서 이슈화할 것을 감안하고 움직여야 합니다."

"그러면 어떻게 할까요? 그들이 먼저 이슈화하는 걸 막을 수 있을까요?"

"그건 불가능할 테고요."

이쪽이 가진 증거는 아무래도 불리한 것투성이다.

현재 강두건의 증언도 그의 주장일 뿐, 그걸 증명할 수 있는 사람이나 증거는 없다.

"가장 먼저 해야 할 것은 티타의 가족들을 만나는 겁니다."

"에? 왜요?"

"아무리 생각해도 티타의 선택에는 가족들이 개입하지 않았을 것 같아서요."

"가족이 개입하지 않았을 거라고요?"

"네. 강두건 씨는 나름 성공한 사람입니다. 나이가 많다는 점 때문에 한국인과 결혼하지 못했지만요."

그는 한 달에 700만 원 정도를 벌었고, 그 때문에 결혼 이후에 티타에게 학원비로 200만 원씩 보낼 수 있었다.

"어찌 되었건 티타의 가족은 그 결혼에 불만이 없을 겁니다."

결혼을 중개한 업체에서 이미 과정을 확인했다.

"국제결혼의 과정에 부모들을 만나는 것도 있거든요."

일반적으로 이런 국제결혼은 결혼 후보자를 고르고 상대방과 맞선을 하고 선택을 하면 여자의 부모들과 인사를 하고 결혼식을 진행한다.

"그 말은 가족들 역시 그 결혼에 수긍한다는 거지요. 그리고 그 과정에 사랑이라는 감정이 들어갈 부분은 크게 없으니까……."

한눈에 반할 수도 있겠지만, 만난 지 4일 만에 결혼하는 사랑? 그건 아무래도 무리인 부분이 있다.

"결국 티타의 부모들도 돈이 기본인 결혼에 찬성했다는 겁니다. 실제로 강두건은 지난 1년간 티타의 가족들에게 매달 100만 원씩을 송금했습니다."

100만 원이면 2만 6천 바트. 태국의 도심지가 아닌 농촌 지역의 평균 수익을 놓고 보면 두 배 정도 되고 도심지라고 해도 두 배에 살짝 못 미치는 돈.

"태국에서 그 돈이면 편하게 살 수 있지요. 일해서 버는 돈도 있을 테니까."

즉, 현재 가족들의 기준에서는 불만이 딱히 있을 수가 없다는 것.

"문제는 그건 가족들 기준이라는 거죠. 티타도 사람이니까요."

사람이 감정이 없을 수가 없고 자신만의 꿈이 없을 수가 없다.

남자가 국제결혼을 한 경우 알게 모르게 자격지심을 가지게 되는 것도 현실적으로는 사실이고, 반대로 그렇게 팔려오다시피 결혼한 여자가 현실에 불만을 가지게 되는 것도 있을 법한 일이다.

물론 모든 사람이 그런 것은 아니다.

도리어 그렇게 결혼하고 나서 같이 노력해서 크게 성공한 사람도 있고, 아내의 재능을 알아보고 키워 줘서 그녀를 자국의 국가 대표로 만들어 낸 사람도 있다.

그러나 한쪽이 자격지심을 가지게 되는 순간, 그때부터 관계는 사정없이 틀어지기 시작한다.

"가족은 불만이 없는데 다른 사람이 불만이 있다고 한다면, 과연 누굴까요?"

노형진의 말에 무태식은 눈을 가늘게 떴다. 이런 사건은 흔하니까.

"다른 남자겠군요."

"아마도요. 그럴 가능성이 높습니다, 현실적으로."

이런 매매혼에서 가장 중요한 것이 뭘까?

학력? 지식? 아니면 착한 마음?

그런 것들은 만난 지 하루도 되지 않아서 알아볼 수 있는 것들이 아니다.

"이런 혼인에서 가장 핵심은 외모죠. 그리고 사람은 다 똑같습니다."

진짜 이상한 성향이 아닌 이상에야 예쁜 사람은 누가 봐도 예쁘다. 그리고 예쁜 사람에게는 다른 사람이 꼬이는 법이다.

"하긴 생각해 보면 이런 사건에는 대부분 다른 남자가 있었지요."

말도 안 통하고 감정도 없는 남자와, 말도 통하고 감정도 통하는 남자.

그런데 금전적 문제로 인해 어쩔 수 없이 이루어진 매매혼.

"어떻게 보면 파국이 당연할지도 모르겠네요."

무태식은 씁쓸하게 미소 지었다.

최소한 남자라도 없으면 대부분의 사람들은 정을 붙이려고 노력한다. 하지만 이미 남자가 있으면 그것도 쉬운 건 아니다.

"현 상황에서는 티타에게 남자가 있다고 가정하고 움직이는 것이 맞겠지요."

강두건은 벌이가 제법 쏠쏠한 남자다. 그와 헤어지는 걸 각오한다는 건, 가족 말고 다른 이유를 생각할 수밖에 없다.

"그러면 어떻게 하지요? 누가 그 사람을 찾아 줄지……."

"누가 찾아 줄지가 아니라, 이미 아는 사람이 있을 겁니다."

노형진은 당연하다는 듯 말했다.

"그리고 그건 가족들이겠지요."

시작은 거기부터였다.

희생인가 욕심인가

노형진은 무태식과 함께 태국으로 바로 출국했다.

주소를 알고 있었기에 그녀의 집을 찾아가는 것은 어려운 일이 아니었다.

예상대로 그녀의 집에서는 이번 사건에 대해 전혀 모르고 있었다.

"이혼이라고요? 티타가요? 그럴 리 없어요. 얼마 전에도 잘 있다고 연락이 왔어요!"

"하지만 현재 티타 씨는 이혼소송 중입니다. 남편인 강두건 씨가 폭행을 했다고 고소하신 상황이고요. 전혀 모르셨습니까?"

"그럴 리가요! 절대 그럴 리 없어요! 많이 본 건 아니지만 사람을 때릴 만한 남자로는 안 보였어요!"

가족들은 말 그대로 멘붕에 빠졌다.

티타가 이혼한다는 것은 예상도 못 한 일이니까.

그렇다고 해서 그녀가 맞고 살아야 한다는 것은 아니다.

만일 진짜로 강두건이 상습 폭행범이라면 당연히 이혼해야 하고, 그에 따른 위자료 역시 청구해야 한다.

"하지만 그런 이야기는 전혀 없었는데……."

얼굴이 사색이 되는 가족들.

"역시 좀 이상하지요?"

그 모습을 가만히 보던 무태식이 노형진에게 속닥였다.

"이혼까지 가게 되면 가장 먼저 이야기하는 게 가족들 아닙니까?"

"보통은 그렇지요."

하물며 폭력 사건과 관련된 이혼이다.

그런데 그걸 아직까지 가족에게 이야기하지 않았다?

정상적인 상황이 아니다.

무태식과의 대화를 통해 확신을 굳힌 노형진은 가족들에게 재차 질문을 던졌다.

"가족들에게 연락은 자주 하나요?"

"네, 자주 해요. 영상통화도 자주 하고."

"최근에 한 통화는요?"

"2주 전이에요."

"2주 전?"

"네."

그러면 폭행이 이루어지고 경찰에 신고한 후다. 당연히 이혼 소장을 접수한 상황이고 말이다.

'그런데 가족에게 이야기를 하지 않았다?'

그건 여러모로 아주 많이 이상한 부분이다.

과거처럼 분당 몇천 원씩 전화 요금이 나오는 시대도 아니고, 인터넷이나 와이파이만 있으면 공짜로 영상통화를 할 수 있는 시대다.

"혹시 집에서 인터넷은 되지요?"

"당연히 되지요."

태국이라고 해서 다 가난한 건 아니다.

더군다나 강두건이 적지 않은 돈을 지원한 그의 집에 인터넷이 없다고 볼 수는 없다.

"그러면 그 문제를 말하지 않을 이유가 있나요?"

"없어요. 진짜예요."

딱 잡아떼는 가족들을 보면서 노형진은 슬쩍 뻥카를 날려야 할 시기가 왔다고 생각했다.

'가족들도 손해 보고 싶지는 않겠지.'

손해 볼 것 같으면 거짓말을 하는 것은 인간의 본성이다.

반대로 말하면, 그 부분을 건드리면 진실이 나온다는 의미이기도 했다.

"이건 중요한 재판입니다. 만일 따님이 거짓말한 게 드러나면 사기 결혼으로 고소당하실 테고, 그러면 따님이 주신 돈을 모두 돌려주셔야 합니다."

순간 티타의 가족들의 얼굴에 공포가 가득 찼다.

티타가, 아니 강두건이 그들이게 준 돈은 절대 적지 않다.

티타가 공부한다고 1년간 준 돈이 2,400만 원, 지참금 조로 준 돈이 600만 원, 거기에다 티타가 한국으로 간 후에 매달 보내 준 돈이 1,200만 원.

전부 합하면 무려 4,200만 원인데, 태국 환율을 생각하면 이들의 전 재산을 다 털어도 그 정도가 나오기 힘든 것이 사실이다.

"물론 따님만 거짓말한 거라면 그 책임은 따님만 지겠지요. 하지만 같이 거짓을 말씀하신 거라면, 그걸 같이 배상하셔야 합니다."

"지, 진짜예요! 우리는 사기 친 게 없어요! 아는 게 없어요! 티타가 말해 주지 않았어요!"

티타의 가족들은 다급하게 손을 흔들었다.

자신들이 망할 수도 있는 상황에서 안심할 수는 없었다.

하지만 현실적으로 그들에게 준 돈을 찾아오는 것은 불가능에 가깝다.

'하지만 이들은 한국 법을 모르지.'

그러니 노형진이 살짝 뻥카를 치자 홀랑 넘어왔다.

그걸 보고 있던 무태식은 살짝 노형진의 어깨를 톡 쳤다.

그 신호에 노형진이 자신을 돌아보자 낮은 목소리로 말했다.

"좀 너무한 거 아닙니까?"

"네?"

"아니, 그거 뻥이잖아요?"

"그렇지요. 하지만 이 정도 뻥은 뭐 문제도 아니지 않습니까? 사실 다 깨끗하게 해서 어떻게 재판에서 이깁니까?"

노형진의 말에 무태식은 자신도 모르게 고개를 끄덕거렸다.

상대방에게 피해를 주는 게 아니라면 어느 정도의 뻥은 재판에서 필수나 마찬가지였다.

노형진은 살짝 헛기침을 한 뒤, 엄숙한 표정으로 티타의 가족들을 쳐다보았다.

"저희는 티타 씨가 사기 결혼을 했다고 생각하고 있습니다. 그녀가 다른 누군가와 짜지 않았다면 상황이 이렇게 될 수가 없거든요."

"아니에요! 진짜 아니에요. 진짜로 저희는 몰라요!"

"글쎄요. 그건 아무래도 한국의 법원에서 결판이 나겠네요. 아, 한국에서 소송을 시작하면 한국 변호사 선임하고 출석해야 하는 거 아시지요? 그거 체류비는 저희가 지원해 드리지 않을 겁니다. 변호사 비용까지 생각하면 아무래도 52만 바트쯤 필요하실 겁니다. 준비해 두세요."

그들은 아예 주저앉았다.

줘야 하는 돈도 자기들을 파멸시키는 데 충분할 지경인데 거기에다가 52만 바트나 되는 재판비용까지 내야 한다니.

한 달 봉급이 보통 1만 5천 바트 정도 되니 52만 바트면 족히 4년은 모아야 벌 수 있는 돈이다.

그것도 거의 안 먹고 안 써야 말이다.

생활까지 하면서 모으려면 최소한 10년은 걸릴 수밖에 없다.

"나, 남자가 있었어요!"

그 순간 동생 중 한 명이 뭔가 생각난 듯 말했다.

"뭐?"

"남자?"

다들 그건 몰랐던 듯 남동생에게 시선이 향했다.

"능! 그게 무슨 말이니! 남자라니?"

"어…… 그게…….."

능이라고 불린 남동생은 눈을 데굴데굴 굴렸다.

말하고 나니 뭐라고 해야 하나 곤란한 모양이었다.

"말해 주셔야 합니다. 그러지 않으면 다 같이 망하는 수가 있어요. 만일 이번 사건의 범인이 그 남자라면, 가족분들은 그 책임에서 면제될 겁니다."

면제라는 말이 나오자마자 다들 능에게 어서 말하라는 눈치를 주기 시작했고, 능은 어쩔 수 없이 입을 열었다.

"사실은 저도 우연히 봤어요. 누나가 남자와 술집에서 나오고 있는 걸요."

"그냥 아는 사이 아니고?"

"그게, 그냥 아는 사이는 아닌 것 같더라고요. 술집에서 나와서 바로 호텔로 갔어요."

"호텔?"

"네."

능은 고개를 푹 숙이며 말했다.

그도 젊은 청년이다. 그게 뭘 의미하는지 모르지는 않을 것이다.

"그 시기가 언젠가요?"

"그…… 시기요?"

"네. 대략적이라도 좋습니다."

"한…… 1년 반쯤…… 전…….."

"1년 반쯤 전요?"

무태식은 기가 막혔다.

"그때는 이미 결혼한 상황 아닙니까?"

결혼은 2년 전에 했다.

1년 반 전이면 그녀가 시험을 준비하면서 여기에 있을 시기, 그러니까 공식적으로 결혼한 후다.

"그, 그런…….."

가족들도 당황한 눈치였다.

하긴 결혼한 딸이 다른 남자를 만나고 있었다고 하니 기가 찰 수밖에 없다.

"아니, 사위가 뭘 잘못해서! 한 달에 1만 3천 바트씩 줬는데! 바람을 피워?"

태국은 한국보다는 여성 상위 국가다.

하지만 그렇다고 해서 그들이 여자의 불륜에 관대한 것은 아니다. 더군다나 돈까지 받아 가면서 공부했는데 바람을 피우다니.

"잠깐만요? 1만 3천 바트요?"

"네. 그때 사위가 매달 1만 3천 바트씩 줘서 그 돈으로 티타가 공부를 했습니다."

1만 3천 바트면 어지간한 사람 한 달 월급이다.

"그럴 리가요?"

무태식은 듣고 있다가 말도 안 된다는 표정으로 말했다.

"아니에요. 확실히 줬어요."

"안 줬다는 게 아닙니다. 저희 의뢰인인 강두건 씨 말로는 약 5만 바트씩 줬다고 하더군요."

"네?"

다들 멍한 표정이 되었다.

약 5만 바트. 그들로서는 꿈도 못 꿀 정도의 큰돈이다.

"5만 바트요?"

"네, 맞습니다. 저희가 이미 그 송금 기록은 확인했습니다."

"아……."

그 순간 티타의 어머니는 정신을 잃고 쓰러졌다.

딸이 이혼소송 중인 것도 충격적인데 받은 돈도 속이다니.

"그, 그런……."

준 돈과 받은 돈이 무려 거의 네 배나 차이가 나는 거다.

그렇다면 나머지 세 배에 해당하는 차액은 어디로 간 것일까?

아니, 그 부분은 생각해 볼 필요도 없다.

"그 남자가 누군지 찾아봐야겠군요."

노형진은 능을 바라보면서 차갑게 말했다.

⚖

능은 자신이 아는 대로 모든 것을 이야기했다.

물론 그도 자세한 사항은 알지 못했다.

하지만 그녀와 남자가 어디에서 만났는지 기억하고 있었고, 그 주변에 생김새를 수소문할 정도의 정보는 되었다.

"분추 같은데?"

"분추 맞네. 그놈이네."

사실 노형진은 그를 쉽게 찾을 수 있을 거라고 생각하지 않았다.

일단 사진도 아니고 그림으로 그린 얼굴이니까.

상당히 잘생긴 사람이기는 했지만, 그렇다고 해도 찾는 게 쉽지 않을 거라 생각했다.

그런데 생각보다 쉽게 그 존재가 걸려들었다.

"분추? 그 사람 이름입니까?"

"뭐, 이 근방에서는 유명하지요."

"유명하다고요?"

"네. 왜 사진이 아니라 그림인지 모르겠지만, 잘생겼거든요. 이 그림보다는 백배 나아요."

"그렇지. 이것보다는 훨씬 낫지."

다들 고개를 끄덕거리는 걸 보니 상당히 잘생기기는 한 모양이었다.

"그런데 이쪽에서 유명하다고요?"

단순히 잘생겼다고 해서 유명하다?

그건 아니다.

한국에도 잘생긴 사람은 많다. 하지만 사람들이 그를 다 기억하는 것은 아니다.

"그 녀석이 자주 여자를 바꾸니까요."

"자주 여자를 바꾼다고요?"

"네. 대부분의 여자들이 6개월을 못 가지요."

"그렇지. 용케도 깔끔하게 털어 낸다니까?"

노형진은 고개를 갸웃했다.

"자주 여자를 바꾼다고요?"

"확실해요."

"하긴 그렇게 잘생겼는데 여자가 안 붙으면 그게 이상하지."

다들 그렇게 말하는 걸 보니 진짜 잘생기기는 한 모양이다.

'그런데 좀 이상한데?'

물론 잘생겼으면 이 여자 저 여자 만나고 다닐 수도 있다.

하지만 그에게는 티타가 있지 않은가?

"그럼 헤어진 후에 그 여자들이 어디로 갔는지는 아시나요?"

"아니요. 잘 모릅니다."

"그래요? 단 한 번도 그 여자들이 모습을 보인 적이 없나요?"

"없어요."

"그럴걸."

"그가 이 근처에서 잘 노는 건 사실이고요?"

"맞아요."

노형진은 턱을 문질렀다.

논리적으로 말이 안 되니까.

분추라는 작자가 잘생긴 건 알겠다. 그리고 여자를 자주 바꾼다는 것도 이해가 간다.

'하지만 헤어지면 여자가 매달려야 정상인데?'

그렇게 잘생긴 남자와 헤어질 때 여자가 차는 경우는 그다지 많지 않다. 그러면 남자의 마음을 바꾸기 위해 여자가 매달리는 경우도 있어야 한다.

'그런데 하나같이 잡지도 않고 깔끔하게 사라진다고?'

노형진은 이해가 안 간다는 듯 고개를 갸웃했다.

그사이 무태식은 티타의 사진을 보여 주면서 물었다.

"이 사진의 주인공은 아십니까?"

"1년 반쯤 전에 붙어 다니던 여자네."

"맞아. 그 여자네."

다들 고개를 끄덕거렸다.

"이 여자도 사라졌나요?"

"어느 순간 사라졌지. 진짜 신기하다니까. 죽어도 안 떨어질 것같이 굴더니 갑자기 딱 사라지고, 분추는 또 여자를 바꾸고."

노형진은 그 말을 듣다가 흠칫했다.

"지금 뭐라고 하셨지요?"

"아니, 사라지고 여자 바꾸고? 그 말밖에 더 했어?"

"어, 그렇지요."

보통 사라진다고 하면 범죄에 연루되거나 헤어졌다고 생각하는 게 보통이다.

"혹시 이 여자가 결혼한 건 아십니까?"

"결혼? 이 여자가? 누구랑?"

"분추가 아니고?"

다들 놀란 표정이 되었다.

아마도 그렇게 잘생긴 분추를 두고 다른 남자와 결혼했다는 게 이해가 안 가는 모양이었다.

"뭐, 부자라도 물었나?"

"그렇다고 할 수도 있는데요."

노형진은 차분하게 머리를 굴렸다.

그리고 한 가지 가능성에 눈을 떴다.

"다른 여자분들은 어떤 사람들인지 잘 모르시지요?"

"뭐, 알 필요가 있나?"

태국은 생각보다 개방적인 나라다.

그러니 남녀가 사귀는 것에 대해 따지는 편은 아니다.

"그래요? 그러면……."

노형진은 주머니에서 100달러짜리 지폐를 꺼냈다.

"혹시 전화 주실 수 있을까요?"

노형진의 얼굴에 숨길 수 없는 미소가 떠올랐다.

⚖

"씨발, 겁나 잘생겼네."

무태식은 분추를 보면서 혀를 내둘렀다.

일반적으로 인종이 다르면 상대방이 잘생겼다는 생각을 하기 쉽지 않다.

인종별로 추구하는 아름다움의 상이 다르기 때문이다.

하지만 분추는 진짜 잘생겼다.

농담이 아니라, 당장 모델을 해도 될 만큼 잘생겼다.

피부가 동남아 특유의 까무잡잡한 스타일만 아니었다면 한국에서도 충분히 먹힐 만한 그런 얼굴이었다.

"저놈을 잡으면 되는 거지요?"

"아니요, 그건 아닙니다."

"네?"

노형진의 말에 무태식이 어리둥절한 표정으로 물었다.

"그게 무슨 말씀이십니까? 저놈을 잡으러 태국에 온 거 아닌가요?"

"그건 맞아요. 하지만 저 녀석이 하는 행동을 보니 다른 계획을 우선하는 게 맞다고 생각됩니다."

"다른 계획요?"

"네. 우리가 노려야 하는 사람은 저 사람이 아니라 저 옆에 있는 여자입니다."

분추에게 딱 붙어 있는 여자.

그녀는 분추와 손을 잡고 호텔로 향하고 있었다.

노형진은 그 장면을 찍으면서 씁쓸하게 웃었다.

"제가 이런 일까지 하게 될 줄은 몰랐는데요."

"여친을 만나는 게 잘못인가요?"

"정상적인 상황이라면 잘못은 아니지요."

노형진은 어깨를 으쓱했다.

"하지만 제 예상이 맞는다면 아마 상황은 많이 달라질 겁니다."

노형진은 분추와 여자가 들어간 호텔을 바라보면서 착잡하게 말했다.

여자를 추적하는 것은 어려운 일이 아니었다.

호텔 입구에서 죽치고 있으면 되는 일이니까.

호텔에서 나온 두 남녀는 바로 헤어졌고, 여자는 어디론가 향했다.

그리고 목적지에 도달했을 때 노형진은 씁쓸한 미소를 감출 수가 없었다.

"한국어 학원이군요. 이거 어떻게 된 걸까요?"

"하아, 간단합니다. 저 여자도 유부녀라는 거지요."

"네? 유부녀라고요?"

무태식은 노형진의 말에 고개를 갸웃했다.

그럴 수밖에 없는 것이, 단순히 한국어를 배운다고 해서 유부녀라고 볼 수는 없기 때문이다.

"단순히 한국어 교육을 받는 걸 수도 있지 않습니까? 어찌 되었건 한국이 그들에게는 상당한 꿈의 나라 아닌가요?"

한때 미국이 한국인들에게 일종의 꿈이었던 것처럼, 태국 사람들에게 한국은 꿈의 나라다.

당연히 그 나라에 취업하고 싶은 사람들이 많을 수밖에 없다.

"물론 그렇지요. 하지만 같이 들어가는 사람들을 보세요."

같은 수업은 보통 비슷한 사람끼리 묶이기 마련이다.

가령 이른 아침이나 늦은 저녁에 하는 수업은 직장인을 대상으로 하는 경우가 많다.

5시를 넘어서 하는 수업은 학생을 대상으로 하는 경우가 많고.

"현재 시간이 오후 1시입니다. 뭘 하기에는 애매한 시간이지요."

근무자들은 수업을 들을 수가 없는 시간이고 학생들은 아직 학교에 있을 시간이다.

물론 한국 취업을 원하는 사람이 있을 수도 있지만, 그 정도의 언어를 구사하려면 사실 학원 정도로는 안 된다.

"오후 1시에 단체로 들어가는 20대의 여성들. 그들은 하나같이 한국어 교육을 듣지요. 그게 무슨 의미겠습니까?"

"으음……."

누군가가 한국어를 배우도록 한다는 것이다.

그 사람이 과연 누굴까?

"한국의 신랑이군요."

"아마도요. 물론 아닐 수도 있을 겁니다만."

보통은 남편을 만난 후 남편의 지원하에 한국어를 배운다.

하지만 진짜로 한국으로 시집가고 싶은 아가씨들의 경우, 자발적으로 한국어를 배우기도 한다.

일단 한국어를 한다는 것 자체만으로도 태국에 진출한 한국 기업에 취업하기 유리하고, 선을 본다고 해도 말도 안 통하는 이보다는 그래도 대화라도 되는 상대를 원하기 마련이니까.

"하지만 아마 후자는 아닐 겁니다. 그 분추라는 녀석의 성향을 보면요."

"분추가 왜요?"

"일단 만나 보시면 압니다."

노형진은 학원이 끝나기를 기다렸다가 그 여자가 나오는 걸 보고 다가갔다.

"잠시만요."

"무슨 일이세요?"

여자는 노형진과 무태식이 다가오자 어리둥절한 표정이 되었다.

"누구시죠?"

"혹시 분추라고 아십니까?"

노형진의 질문에 흠칫하는 여자.

노형진은 그걸 보고 확신했다.

만일 그녀가 유부녀가 아니라면 분추라는 말에 흠칫할 이유가 없다.

그냥 자기 남자 친구라고 하면 되니까.

하지만 여자는 명백하게 꺼리는 기색이었다.

"잠깐 이야기를 나눌 수 있을까요?"

"시, 싫어요!"

다급하게 도망가려고 하는 여자.

노형진은 그녀의 뒤에서 한마디 함으로써 그녀의 도주를
막았다.

"그러면 분추와 함께 모텔에서 나오는 사진은 남편분에게
드려도 되겠습니까?"

만일 노형진이 틀렸다면 그건 문제가 되지 않는다.

그냥 가 버릴 테니까.

사실 결혼도 안 했는데 남편 운운하면 개소리밖에 더 되겠
는가?

하지만 그녀는 멈췄다.

그리고 그걸 보고 노형진은 더욱 확신했다. 그녀가 유부녀
라는 걸.

"어떻게 할까요? 남편과 회사에 이야기할까요, 아니면 저
희들과 이야기하시겠습니까?"

"도, 도대체 왜 그러세요!"

"그건 저희가 묻고 싶네요. 남편분이 바람피우라고 돈을
보내 주는 건 아니지 않습니까?"

털썩 주저앉아 버리는 여자.

"선택하세요. 대화를 하시겠습니까, 아니면 이대로 이혼
하시고 그에 따른 손해배상을 하시겠습니까? 당연히 배상액
은 한국 기준으로 측정이 될 테고, 그러면 결코 적지 않을 겁
니다."

"흑흑흑."

노형진의 말에, 주저앉은 여자는 눈물을 흘릴 수밖에 없었다.

⚖️

다우라고 자신의 이름을 알려 준 여자는 노형진의 예상대로 유부녀였다.

정확하게 말하면 결혼하고 한국으로 가기 위해 공부 중인 여자였다.

"제, 제발, 제발 남편에게 말하지 말아 주세요! 제발!"

만일 알려지면 자신은 이혼당할 것이다. 당연히 위자료도 줘야 하고 그동안 받은 돈도 줘야 한다.

문제는 환율이다.

남자가 미치지 않고서야 한국에서 소송을 할 건 당연한 일이고, 결혼한 지 1년도 되지 않았는데 바람을 피웠으니 위자료가 몇천이 나올지 알 수 없다.

"음……."

무태식은 곤란한 표정이 되었다.

자신들은 그녀의 남편이 보내서 온 게 아니다. 하지만 다우는 남편이 보냈다고 생각하고 있었다.

거기에다 노형진은 호텔에 들어가는 그녀의 사진까지 들고 있다.

그녀의 입장에서는 끝장이었다.

"그 남자, 누굽니까?"

"그건……."

"남편분에게 고지를 하느냐 마느냐에 관해서는 듣고 결정하겠습니다. 거짓말하시면 바로 고지하겠습니다."

다우는 격하게 고개를 끄덕거렸다.

"그, 그 사람은 그냥…… 외로워서……."

"그러니까 남친이라는 거지요?"

"아니, 남친이기는 한데, 아, 그, 그러니까, 제가 바람피우려고 만난 게 아니에요."

"그러면 애초에, 결혼 전부터 알고 지냈다는 거군요."

"아니에요! 진짜로 아니에요! 그 전에는 몰랐어요!"

노형진의 말에 다우는 격하게 부정했다.

"그러면 결혼 이후에 만나신 겁니까? 그게 더 문제 되는 거 아시지요?"

전자라면 그나마 변명의 여지라도 있지만 후자라면 변명의 여지조차 없는 큰 잘못이다.

"미안합니다. 미안합니다."

눈물을 흘리는 다우.

하지만 노형진에게 그 눈물은 아무런 가치도 없었다.

"다시 묻겠습니다. 그 남자 누굽니까?"

"그게…… 학원을 다니면서 만났어요."

학원에 다니기 시작하면서 우연히 만난 남자인데 마음이

흔들려서 잠자리를 같이하게 되었다고 한다.

하긴 그렇게 잘생긴 사람이 적극적으로 대시하는 경우가 많지는 않을 테니까.

"그래서 남편분을 두고 바람을 피우셨다?"

"죄송해요…… 흑흑."

"저희가 듣고 싶은 건 그런 말이 아닙니다. 분추라는 남자가 뭐라고 하던가요?"

"그건…….'

"사실대로 말씀해 주세요. 그러지 않으면 보고하는 수밖에 없습니다."

노형진이 차갑게 말하자 다우는 힘들게 입을 열었다.

"한국으로 가서 이혼하고 자신을 불러 달라고 했어요."

한국에 가서 이혼하게 되면 자신을 불러 달라고, 그래서 한국에서 신혼집을 꾸리자고 했다고 한다.

"그래서 하실 겁니까?"

"아, 아니에요! 진짜 아니에요!"

격하게 손을 흔드는 다우.

"그냥…… 외로웠어요……. 그냥…… 흑흑."

'그렇겠지.'

노형진은 그걸 보고 한숨만 나왔다.

어떻게 보면 잔혹한 현실이다.

결혼은 했지만 신랑과 만난 시간은 일주일이 채 넘지 않는다.

그리고 한국어를 다 배우게 되면 그들은 고향인 태국을 떠나서 낯선 한국으로 가야 한다.

평생 말이다.

아무리 결심을 했다지만 흔들리지 않을 리 없다.

가족들이 혜택을 보긴 하겠지만, 본인의 마음은 싱숭생숭하고 가슴속에는 두려움이 가득할 것이다.

신랑이 미친놈은 아닐지, 가면 맞으면서 사는 것은 아닐지, 자신이 한국에서 적응이나 할 수 있을는지 온갖 두려움이 가득할 것이다.

'가난하다고 해서 자존심이 없는 건 아니지.'

스스로 선택한 거지만 결국은 돈에 팔려 나가는 현실. 자존심과 자존감에 잔뜩 생채기가 생겼을 테고…….

'그때를 노리는 거로군.'

노형진은 대충 상황을 알아차리고는 눈을 찡그렸다.

"이제 그만 만나세요."

"네?"

"이 일은 저희는 모르는 겁니다. 하지만 어찌 되었건 선택을 하셨으니 거기에 충실하세요. 누구나 처음은 있고 두려움도 있습니다. 하지만 그렇다고 해서 모든 게 다 용서되는 건 아닙니다."

노형진은 그렇게 말하고 자리에서 일어났고, 다우는 그런 노형진에게 격하게 고개를 숙였다.

"감사합니다. 감사합니다. 다시는 안 그러겠습니다. 감사합니다."

그 인사를 받으면서 나오는 노형진에게, 조용히 뒤따라 나오던 무태식이 조심스럽게 물었다.

"이거 남편에게 이야기해야 하는 거 아닌가요?"

"남편이 누구인지나 알고요?"

"그거야 그런데."

"그리고 우리가 보고한다고 해서 뭐가 달라지지요?"

그녀는 이혼당할 테고 남편은 다른 여자를 고를 것이다.

그녀가 아닌 다른 누군가가 팔려 갈 뿐이다.

"그렇다고 우리에게 돈이 생기는 것도 아니고요."

"하긴 그러네요."

"물론 다른 의미에서 돈이 생기기는 할 것 같네요."

"다른 의미에서?"

"이런 건수가 한두 건이 아닐 테니까요."

"아……."

태국에는 새론의 지점이 있다.

그리고 한국에 있는 사람들은 태국에 있는 사람들이 여러모로 걱정된다.

부정적인 이유로든 긍정적인 이유로든 말이다.

"그러니 그에 관련된 사업을 준비하면 될 것 같습니다."

"노 변호사님은 차라리 사업을 하셨어야 하나 봅니다."

노형진은 그저 피식 웃을 뿐이었다.

"지금 중요한 건 현 상황이 대충 어떻게 굴러가는지 알아차렸다는 겁니다."

"저는 아직 이해가 안 가는데요?"

뜬금없이 왜 다우를 만났으며, 그리고 그녀가 한 말이 무슨 의미가 있는지 무태식은 이해가 가지 않았다.

"일단 제가 한국에서 태국으로 오기 전에 재미있는 사실을 하나 알았습니다."

"재미있는 사실?"

"네. 최근 들어 한국 여성이 동남아 남성과 결혼하는 숫자가 과거보다 상당히 많아졌다는 겁니다. 사실 거의 배 이상 많아졌지요."

"네?"

무태식은 고개를 갸웃했다.

물론 사랑에는 국경이 없다.

한국 여성이 원한다면 동남아가 아니라 일부다처제 국가인 중동으로 간다고 해도 문제 될 것은 없다.

"하지만 취향이 맞지 않을 텐데요?"

문제는 현실적으로 동남아 남성들이 한국 여성들에게 그다지 어필할 정도의 매력을 가지고 있지 않다는 것이다.

물론 분추처럼 겁나게 잘생긴 사람도 없는 것은 아니지만, 인종적으로 외모가 다르고 단일민족을 표방하는 한국인들에게 있어서 동남아인들의 외모는 낯설고 어색한 것이 사실이다.

"더군다나 금전적인 문제도 있고요."

만일 동남아 남성과 결혼하면 당장 가장 큰 문제가 되는 것은 돈이다.

물론 돈이 많은 동남아 남성도 존재하며 그들은 차라리 한국의 어지간한 부자들보다 훨씬 나은 삶을 살아간다.

그러나 그 숫자는 극소수이며, 유의미한 숫자의 변화를 일으킬 정도로 많은 국제결혼이 이루어지는 것도 아니다.

현실적으로 한국의 부자들과 마찬가지로 동남아의 부자들 역시 혈통을 중시하는 부분이 있기 때문에 한국인과 결혼하려는 생각은 별로 하지 않는다.

도리어 자기들이 돈이 많은데 한국의 어줍지 않은 사람들과 결혼한다고 하면 극도로 반대하는 게 부자들의 성향이다.

"그 부분에서 재미있는 논의가 있더군요. 과연 왜 한국 여성들과 동남아 남성들의 결혼이 많아졌는가? 현실적으로 그러한 가족들이 많지 않은 것도 사실인데 말이지요."

"다른 이유가 있다고 생각하십니까?"

"네. 방금 다른 이유를 봤지요."

"봤다고요?"

"한국에서 이혼을 한 후에 자국 남성과 재혼하는 겁니다. 아, 정확하게는 과거 자국의 남성이라고 해야겠네요."

"아! 그렇겠네요."

현실적으로 외국인 신부가 국적을 취득하면 자연스럽게 한국 여성이 된다. 그리고 그들이 이혼한 후에 출신국 남성을 초청해서 결혼하는 것이다.

"의외로 그런 사건이 많다고 하더군요. 현실적으로 한국인 여성과 동남아 남성의 결혼에는 그런 현상이 어느 정도 영향을 미친다고 볼 수 있습니다."

쉽게 말해서 한국 여성이 동남아 남성과 결혼하는 비율이 늘어난 게 아니라 한국 국적을 딴 동남아 여성이 동남아 남성과 결혼하는 비율이 높아졌다는 소리다.

"그게 이번 사건과 무슨 관계가 있는 거지요?"

"분추가 하는 짓거리가 그거니까요. 분추의 최종 목적은 한국으로 가는 겁니다."

한국에서는 많은 돈을 벌 수 있다.

하지만 그게 쉽지 않다.

일단 그곳에서 취업 비자를 받으려면 막대한 돈이 들어간다.

하지만 그 정도 돈은 없다.

그렇다고 해서 불법 입국을 해서 노동자로 살아가면 한계가 있을 수밖에 없다.

"정식으로 한국에서 살기 위해서는 결혼하는 게 가장 안정적이지요."

"설마……?"

"분추는 일종의 사기 겸 어장 관리를 하는 겁니다."

대부분의 경우 결혼이 진행되면 아내에게 그때부터 돈을 보내는 것이 보통이다.

그래야 하루라도 빨리 한국에 입국하니까.

그런데 환율이 환율이다 보니 그 돈은 보통 100만 원 정도이고, 그 정도면 태국 임금의 두 배다.

"분추는 얼굴이 잘생겼지요. 거기에다 만고불변의 진리가 있지 않습니까?"

여자를 꼬시기 가장 쉬울 때는 여자가 힘들 때다.

누군가에게 기대고 싶어 하기 때문이라나?

대부분의 외국인 여자들이 한국에 가기 전에 공부하면서 준비하는 기간을 거치는데, 그 시간에 온갖 생각이 들기 마련이다.

마치 지금의 다우처럼 말이다.

"바로 그때 꼬시는 거지요. 그리고 그녀들의 돈으로 놀고 먹고 편하게 지내다가, 그녀들이 한국에 가면 이혼하고서 자신을 부르라고 부추기는 거지요."

노형진의 말에 무태식은 자신도 모르게 고개를 끄덕거렸다.

온 세상에 사기꾼이 가득한데 그런 사기꾼이 없으리라는 법은 없다.

"그런데 왜 지금까지 한국에 들어가지 못한 거지요? 분추가 그렇게 바꾼 여자가 한두 명이 아닐 텐데."

"결혼은 현실이니까요."

한순간 힘들어서 흔들렸다고 해도, 한국에 가서 같이 생활하는 그 순간부터 부부는 하나가 된다. 그리고 몸이 멀어지면 마음도 멀어지는 법이다.

　"더군다나 국제결혼을 하는 남성의 경우 사실 나이가 많은 게 보통입니다."

　한국의 결혼 시장에서 결혼하지 못하고 국제결혼으로 가는 게 현실이니까.

　"당연하게도 대부분의 경우 가능하면 빨리 아이를 가지려고 합니다."

　한국에 와서 한 가족이 되고 거기에 아이까지 가지게 되면, 과거의 희미한 한순간의 사랑 따위는 더 이상 눈에 들어오지 않게 된다.

　오로지 내 가족, 내 아이만 보이는 게 정상이다.

　그리고 그 과거에 대한 두려움도 있다.

　그게 발각되면 이혼당할 테니까.

　"그러니 대부분의 여자들은 분추 대신에 한국의 남편과 가족을 선택할 겁니다."

　일반적으로는 말이다.

　"하지만 티타는 아니었다 이거군요."

　"대부분이라는 말이 모두를 뜻하는 것은 아닐 테니까요."

　티타는 어떻게 해서든 이혼하기 위해 발악했다.

　사건을 조작하고 증거를 만들어 내고 강두건을 몰아붙였다.

"아마도 그녀의 목적은 분추를 한국으로 데리고 오는 것일 겁니다."

그리고 그와 결혼하는 것이 목적일 것이다.

어리석은 사랑에 눈이 멀어 버린 것이다.

"그러면 분추는 그녀와 결혼하려고 할까요?"

"하기야 하겠지요."

노형진은 어깨를 으쓱했다.

하기는 할 거다. 그래야 한국 국적을 딸 수 있을 테니까.

"하지만 제 버릇 개 못 준다고 하지요."

분추는 절대로 바른 사람이 아니다.

사실 노동자로 한국에 가려고 했다면 못 갈 것은 없다.

그럼에도 불구하고 그는 그 대신에, 그곳으로 시집가는 여자들을 꼬시는 방법을 선택했다.

결코 바른 사람은 아니라는 거다.

"그러면 그 분추의 본모습을 보여 주면?"

노형진은 무태식의 말에 고개를 흔들었다.

"이미 상황은 늦었습니다."

결혼에서 가장 기본이 되는 것은 바로 당사자 간의 믿음이다.

그런데 지금 그 믿음은 완전히 깨졌다.

"현 상황에서 티타는 외통수입니다."

여기서 사실을 알게 된다고 해도 그녀는 이미 이혼소송 중이니 이혼하게 될 가능성이 높다.

아무리 강두건이라고 해도 자신을 고소하고 파멸로 몰아넣으려고 한 여자를 그냥 두고 보지는 않을 테니까.

"도리어 자신의 죄를 인정하면 단 한 푼도 못 받고 쫓겨날 겁니다."

당연히 그녀는 악착같이 싸우는 수밖에 없다.

"그리고 우리는 강두건 씨의 변호사이지 티타의 변호사가 아닙니다."

"하긴 그렇지요."

무태식은 고개를 끄덕거렸다.

"중요한 건 티타가 먼저 바람피웠다는 것을 증명하는 겁니다."

그리고 그게 사건의 흐름을 바꿀 거라는 걸 노형진은 알고 있었다.

이게 바로 잘못된 만남

티타가 바람피웠다는 증거를 구하는 건 쉬운 일이 아니었다.

예상대로 호텔에 CCTV가 남아 있지는 않았다.

그렇다고 해서 분추에게 도움을 요청한다고 한들, 그가 도와줄 리 없다.

"분추는 한국에 들어가기 위해 몇 년 동안 계속 여자를 꼬셨습니다. 그리고 몇 년 만에 드디어 그게 가능해 보이는 여자를 찾았지요. 그런데 그가 쉽게 포기하겠습니까?"

물론 돈을 준다면 가능할지도 모른다.

하지만 그는 분명 터무니없는 돈을 요구할 것이다.

한국행을 포기해야 하니까.

"그러니 다른 방법으로 증거를 모으지요."

"다른 방법?"

"그렇습니다. 도둑질을 합시다."

"네?"

무태식은 노형진의 말에 흠칫했다.

"하지만 도둑질을 하면 그건 증거로 인정되지 않을 텐데요?"

"도둑질을 했다고 하면 당연히 그렇지요. 하지만 익명의 제보라고 하면 이야기는 달라집니다."

민사에서는 익명의 제보가 충분히 효과를 발휘한다.

그리고 민사에서 인용된 증거는 형사에서도 대부분 인용이 된다.

"그러니 분추에게서 도둑질을 하고, 그걸 익명의 제보로 처리하면 됩니다."

"하지만 뭘 훔치시려고요?"

"간단합니다. 핸드폰이지요. 전에 말하지 않았습니까? 이제는 시대가 바뀌었습니다."

시대가 바뀌어서, 연인들은 먼 거리에 있어도 서로 사랑의 밀어를 나눌 수 있게 되었다.

옛날처럼 편지를 보낼 필요도, 비싼 돈을 주고 통화를 할 필요도 없다. 메시지 하나만 보내면 거의 실시간으로 상대방에게 날아간다.

"그리고 분추와 티타는 한국으로 들어오려고 하는 계획을 준비 중입니다. 그렇다면 자주 이야기를 해야겠지요."

"그러면 그 방법은 역시나 메신저겠군요."

"네, 그럴 겁니다."

"그렇다면 티타 쪽에 증거로 제출을 요구하면 안 됩니까?"

"아마 삭제했을 겁니다."

남편이 그걸 보거나 수사의 대상이 될 수도 있으니까.

하지만 분추는 아니다.

그는 그걸 삭제하거나 할 필요도 없다. 그냥 가지고 있으면 된다.

아니, 가지고 있을 것이다.

여차하면 협박용이 될 물건이니까.

"그러니 분추의 핸드폰을 훔칩시다."

"하지만 어떻게요?"

"어떻게는요? 도둑을 고용하면 되죠."

"태국에 도둑이 많다지만 우리가 아는 사람이 있는 것도 아니고……."

노형진은 피식 웃었다.

"태국에는 공인된 도둑이 있지 않습니까? 후후후."

⚖

분추는 오늘도 여자를 노리기 위해 어슬렁거리면서 돌아다니고 있었다.

슬슬 지금 만나는 여자가 한국으로 들어갈 시간이다.

그러니 생활비를 위해서라도 적당한 여자를 알아볼 시기였다.

"조만간 나도 한국에 들어갈 것 같기는 한데."

티타가 자신에게 빠져서 시키는 대로 이혼을 진행 중이니, 그녀가 이혼하고 국적을 따면 자신은 한국에 갈 수 있다.

하지만 그것도 최소한 1년 이상은 걸릴 게 뻔하기에 그 사이의 생활을 위해서라도, 또 만일에 티타가 잘못되는 상황도 대비해야 하니, 적당한 여자를 꼬시기 위해 분추는 한국 학원들이 밀집한 곳을 슬슬 돌아다니고 있었다.

"어이! 거기 너!"

어느 순간 자신을 부르는 누군가.

고개를 돌려 보니 경찰이 자신을 부르고 있었다.

"네? 저요? 왜요?"

"이리 와 봐. 하는 행동이 왜 이리 수상해?"

"아니, 저는……."

분추는 아차 싶었다.

하긴 누가 봐도 수상하다.

여자들을 품평하면서 한가하게 길을 걷고 있으니까.

"저는 그냥 길을 가는 것뿐인데요."

"그런데 왜 자꾸 여자들을 이상한 눈으로 바라보는 거야? 너 강간범 아니야?"

"아, 아니에요!"

태국은 강간범들이 제법 많다.

아무래도 치안이 떨어지니 어쩔 수가 없는 현실.

그러니 경찰의 의심하면 곤란할 수밖에 없다.

"그것치고는 이상한데. 이리 안 와?"

태국의 경찰은 막무가내로 오라고 했다.

분추는 도망갈까 하는 생각에 주변을 돌아보다가 입술을 깨물었다. 이미 뒤쪽으로는 다른 경찰이 서 있었다.

그리고 주변의 시선이 이쪽을 향해 있었다.

"아니, 저는 아무것도 몰라요."

"그건 우리가 확인한다. 신분증."

다가온 경찰은 분추에게 신분증을 요구했고, 그는 어쩔 수 없이 신분증을 제시했다.

그리고 다른 경찰이 그의 주머니를 뒤지기 시작했다.

그런데 그가 주머니에서 뭔가를 꺼냈을 때, 분추는 아차 싶었다.

"어, 이거 뭐야?"

길쭉한 물건이었다.

'이런 젠장.'

분추는 자신이 어떤 상황에 빠졌는지 알아차렸다.

몸이나 가방을 수색하면서 증거를 심어서 돈을 뜯어내는 수법.

보통 필리핀이나 태국에서 많이 벌어지는 수법이었다.

"이거 전자 담배 아냐?"

"이거 미친놈이네?"

태국은 전자 담배가 불법이다.

실제로 여행을 갈 때 모르고 가지고 갔다가 걸려서 어마어마한 벌금을 내고 추방당한 사람들도 많다.

"아니, 그거 제 거 아니에요."

"웃기네. 이 새끼 잡아!"

"아니, 진짜 아니라니까요!"

강제로 수갑을 채우는 경찰들.

분추는 다급했다.

외국인이야 벌금을 내고 추방당하는 정도이지만, 현실적으로 자국인인 자신은 수감될 수도 있기 때문이다.

"그건 재판정에 가서 할 말이고."

"아니, 저기 경찰님, 그러지 마시고……."

그가 바보도 아닌데 전자 담배를 가지고 다닐 리 없다.

그런데 그게 주머니에서 나왔다는 것.

그건 다름 아닌 그들이 넣었다는 뜻이다.

그런 경우 저들이 요구할 것은 뻔하다.

'아깝지만 어쩔 수 없지.'

당장 돈이 문제가 아니다.

그는 머리를 팽팽 돌렸다.

"저기, 지갑에 보면 한 3만 바트 정도 있거든요."

"3만? 부자네?"

"아니 저기, 저도 누구한테 받은 거라…… 제가 잡혀가서 벌금 내는 것보다는 경찰님들한테도 좋은 거 아닙니까?"

경찰들은 서로 눈짓을 주고받았다. 그리고 분추를 끌고 한적한 곳으로 가서 그의 지갑을 확인했다.

"다시는 그런 거 들고 다니지 마."

경찰은 3만 바트를 꺼내 챙기고는 지갑을 돌려줬다.

'씨발.'

분추는 억울했지만 어쩔 수가 없었다.

지옥 같은 태국의 감옥에 갈 수는 없었다.

더군다나 여기서 전과가 생기면 거의 준비된 한국행에 재를 뿌리는 셈이니까.

"죄송합니다. 주의하겠습니다."

분추는 짜증을 감추며 굽실거리면서 거기를 떠났다.

경찰 두 명은 분추가 그렇게 사라지는 걸 물끄러미 바라보다가 어디론가 향했다.

그들이 도착한 곳에는 무태식과 노형진이 있었다.

두 사람은 그들에게서 핸드폰을 건네받았다.

"고생하셨습니다."

노형진은 미소 지으면서 그들에게 10만 바트씩 줬고, 그들은 그걸 확인하고는 멀어져 갔다.

"바꿔치기라니. 허, 그건 생각도 못 했는데요."

"아마 분추는 이해도 못 할 겁니다."

그걸 훔치면 경찰이 곤란해질 수도 있다.

하지만 노형진은 분추의 핸드폰을 훨씬 더 좋은 최신형으로 바꿔치기했다.

"상식적으로 옛날 폰을 더 새 폰으로 바꿔치기해 주는 놈은 없으니까."

그러니 분추가 경찰에 가 봐야 미친놈 취급받을 것이다.

"더군다나 부패 경찰은 부패 경찰이지요."

아마도 그 이야기가 나오면 수사에 필요하다면서 핸드폰을 압수할 것이다.

"그걸 분추도 알고요."

그러니 그는 신고도 못 한다.

"이제 그의 모든 증거는 우리에게 있습니다."

노형진은 오래된 핸드폰을 꺼내 들며 웃었다.

"과연 우리 분추 씨와 티타 씨가 어떤 사랑의 밀어를 나눴는지 살펴보자고요. 후후후."

⚖️

강두건은 노형진이 번역해 온 서류를 보면서 기가 찼다.

상상을 초월하는 음담패설과 그에 대한 욕설, 그리고 이혼

이후의 계획이 적혀 있었다.

더 충격적인 것은 그와 이혼하기 위해 어떤 방법을 쓸지 다 적혀 있었다는 것이다.

"이게…… 가능한 겁니까? 저는 그래도 최선을 다했는데……."

비록 돈으로 사다시피 한 결혼이라지만, 그래도 강두건은 최선을 다했다고 생각했다.

물론 결국 참지 못해서 주먹을 휘두른 것은 사실이다. 그러나 이렇게 배신당할 정도로 나쁜 짓을 했다고는 생각할 수가 없었다.

"인간의 욕심은 끝이 없지요."

노형진은 차분하게 말했다.

"일단 이 증거로 이혼소송을 하게 되면 확실하게 승기를 잡을 수 있습니다."

"하지만 조작이라고 하면요?"

확실히 SNS는 조작이라고 할 수도 있다.

하지만 노형진이 핸드폰을 훔친 건 단순히 SNS만 노린 게 아니었다.

"보통 사람들은 핸드폰을 이용할 때 자신의 이메일 계정을 연동시켜 둡니다."

그 말은 핸드폰으로 메일을 확인할 수 있다는 뜻이다.

메일을 내려받아 둘 수도 있고 말이다.

"이미 그걸 확실하게 받아 놨습니다. 그걸 동영상과 기타 증거로 다 남겨 놨습니다. 그리고 메일 내부에도 그들의 계획이 들어 있습니다."

"그러면 그걸로 형사 고소를 해 주십시오! 그놈들에게 복수해야겠습니다!"

"이게 애매해서요."

"애매해요?"

"그렇습니다. 분명 도의적으로 잘못된 것이기는 합니다만, 이런 경우에는 처벌 규정이 애매합니다. 아마 적용하려면 사기 결혼 정도가 되겠네요. 가족들의 생활비를 주셨다고 했지요? 그게 금전적 이득이라고 할 수 있으니까요."

"고작 사기라고요? 그 여자는 제 인생을 망친 년입니다!"

"압니다. 하지만 이 경우 강두건 씨가 폭행한 것도 사실이거든요."

증거만으로 다른 범죄를 엮기에는 한계가 있다.

분명 화가 날 상황이기는 하지만 티타가 범죄를 저질렀다고 보기는 애매하다.

한국어를 할 줄 알지만 실제로는 하지 않은 거?

그건 범죄가 아니다.

자기를 때리도록 유도한 것?

한국에 폭행 유도죄라는 건 없다. 타인을 때리라고 한 거라면 폭행 교사가 되겠지만, 자기가 맞은 거니까.

"하지만 이 증거는요!"

"결국 결혼 과정에서 사기를 친 게 전부입니다. 그리고 한 달에 100만 원 정도를 줬다고 하셨지요? 피해금은 그다지 크지 않다는 게 문제군요."

"그러면 그냥 두라는 말씀입니까! 크윽……."

강두건은 화가 난 듯 주먹을 꽉 쥐었다.

너무나 억울했다.

물론 그가 때린 게 잘못이기는 하다.

하지만 진짜 그러도록 만들기 위해 무려 1년 반을 그를 속였다는 걸 용납할 수가 없었다.

"방법이 없습니까? 이대로는…… 이대로는……."

억울한 마음에 주먹을 부들부들 떠는 강두건.

"현실적으로 말씀드리면, 이 정도 증거면 아마 결혼 사기로 집행유예 정도 나올 겁니다. 당연히 한국 국적도 못 따고요."

"……."

하지만 강두건은 그게 불만족스러운 모양이었다.

그저 주먹을 쥐고 부들부들 떨 뿐이었다.

그럴 만하다. 자신은 인생이 망가졌는데 그녀는 다시 태국으로 가서 그 빌어먹을 남친이라는 자와 붙어먹을 테니까.

"그리고 티타를 감옥에 넣을 수는 없습니다. 한국은 금전적 사기에 대해 처벌이 너무 약하거든요. 하지만 진짜 복수를 원하시면 다른 방법도 있습니다."

"다른 방법?"

"네. 좀 복잡하기는 하지만요."

노형진이 말하자 강두건은 격하게 고개를 끄덕거렸다.

"아무리 복잡해도 좋습니다. 추가 비용이 들어간다고 하면 내도록 하겠습니다. 복수해 주십시오! 제가 받았던 고통의 열 배, 스무 배 이상 받게 해 주십시오."

노형진은 고개를 끄덕거리며 말했다.

"의뢰인이 원하신다면요."

⚖️

노형진은 강두건의 부탁을 들어주기 위해 당분간은 조용히 있었다.

이런 사건에서 상대방을 사회적으로 매장하기 위해서는 이슈화해야 한다.

"하지만 우리가 먼저 이슈화하면 효과가 약합니다."

"어째서요? 그게 차이가 있습니까?"

무태식은 이해가 안 간다는 듯 말했다.

"언더 도그마 때문이지요."

"언더 도그마?"

"그렇습니다."

언도 도그마, 그러니까 약자는 선하다는 개념.

"현재 강두건 씨는 폭행을 저지른 폭행범입니다. 만일 우리가 이걸 꺼내 흔들면 어떻게 될까요? 아마도 증거로써 효력은 있겠지만, 그래도 때린 건 잘못이라는 말이 나올 겁니다."

노형진과 무태식이 이 증거를 언제 구했는지 사람들은 알지 못한다.

그러니 사람들의 의견은, 그 정도 증거가 있으면 그냥 이혼을 하지 사람을 팬 것은 잘못이라는 식으로 굴러갈 게 뻔하다.

"우리가 언제 얻었는지 알린다면요?"

"물론 좀 덜하기는 하겠지요. 하지만 대부분의 사람들은 그런 자세한 사항을 알려고 하지 않습니다. 그냥 저놈은 나쁜 놈이니까 같이 욕하자는 수준이지요."

그러니 좀 덜하다 뿐이지 딱히 뭔가 바뀌는 수준은 아닐 것이다.

"현 상황에서 강자는 강두건이고 약자는 티타입니다. 하지만 다른 사람들이 먼저 이슈화하면, 그때는 상황이 달라지지요."

모두의 시선이 티타에게 향할 것이다.

그리고 그녀가 불쌍하다고 생각할 테고, 그녀를 도와주려고 할 것이다.

"바로 그때 우리가 이걸 공개하는 거지요."

"하지만 이쪽이 가해자인 것은 달라지지 않습니다만?"

"그건 그렇지요. 그래서 우리가 늦게 공개해야 한다는 겁니다."

현 상황에서 연관되어 있는 사람은 강두건과 티타 그리고 분추다.

그러니 이쪽에서 공개하면 그들의 싸움으로 끝나게 되어, 강두건에게 씌워진 가해자 프레임이 굳어 버린다.

"하지만 티타가 사람들에게 도움을 받게 된다면? 그 과정에서 모금 같은 걸 받는다면 사람들은 티타와 같은 편이 됩니다. 그 상황에서 이걸 공개하면 됩니다."

"아…… 그렇군요. 그렇게 되면 그때는 그 사건의 당사자들 사이에 국민들이 끼는 셈이군요."

"네. 그리고 그 언더 도그마보다 강력한 것이 바로 배신감이지요."

특히나 자신들이 선의를 베풀었는데 상대방이 악의를 품고 있었다는 것이 밝혀진다면 그 배신감은 이루 말할 수 없을 정도로 강력하다.

"결과적으로 적의 적은 아군이 되는 거지요."

티타에게 분노한 사람들의 감정은 똑같은 피해자인 강두건에게 쏠릴 테고, 당연히 그때는 티타가 강자, 강두건이 약자가 된다.

"흠……."

무태식은 잠깐 침묵을 지켰다.

확실히 사람의 분노를 잘 이용한 작전이다.

이 작전이 제대로 성공하면 티타는 한국에 발붙이지 못한다.

한국 국적을 얻기 위해서 가장 필요한 조건이 바로 품행 방정이다.

그런데 이 품행 방정이라는 것이 법적으로 애매하다.

무슨 소리냐면, 법적으로 어떤 처벌을 받으면 국적 취득을 불허한다는 게 아니라, 말 그대로 품행 방정이라는 방식으로 어중간하게 표현되어 있다.

"처벌을 면할 수는 있겠지요. 하지만 사회적인 논란을 일으킨 티타가 과연 국적을 얻을 수 있을까요?"

"그렇군요."

결국 티타가 가장 원하는 한국 국적은 물 건너가는 거다.

"하지만 이걸 이슈화해 줄 사람이 필요한데요. 그런 사람이 없지 않습니까?"

"아, 있습니다."

노형진은 자신 있게 말했다.

"사실 지금쯤이면 움직이고 있을 거라 생각했는데 아직 잠잠한 게 이상하기는 하네요."

"누구…… 아하!"

무태식은 피식 웃었다.

"그러네요. 우리가 움직일 필요가 없네요, 후후후."

그들은 그저 기다리면 될 뿐이었다.

호랑이도 제 말 하면 온다고 하더니 차수경이 딱 그 짝이었다. 노형진과 무태식이 그 이야기를 한 지 채 하루도 지나지 않아서 언론 플레이를 하고, 외국인 아내에 대한 폭력을 미친 듯이 성토하기 시작했다.

"좀 늦었네요. 왜일까요?"

"아마 우리 때문이 아닐까 싶네요."

노형진과 무태식은 사건을 확인하기 위해 태국으로 갔다.

그런데 그곳에서 돌아온 이후에도 관련 증거를 제출하거나 사건을 뒤집으려는 등의 노력을 전혀 하지 않았다.

"우리가 그곳에서 다른 증거를 찾아왔는데 그것도 모르고 자칫 티타를 도와준다고 나섰다가 자기들이 불리해질까 봐, 그걸 확인하고 싶어서 가만히 있었던 모양입니다."

"하지만 우리가 가만히 있으니 찾은 게 없다고 생각한 거군요."

"그런 것 같네요."

언론에서는 미친 듯이 강두건을 까고 있었다.

욕먹는 수준을 보면 강두건은 사람을 팬 것이 아니라 한 10만 명쯤 학살한 학살자 같았다.

"한국 사람들은 너무 착해요. 일단 약자라고 하면 무턱대고 도와주려고 하는 경향이 있지요."

노형진은 그렇게 말하면서 슬쩍 시계를 보았다.

"특히 그 방법은 보통 금전을 이용하지요."

노형진은 느긋하게 말했다.

"그러니 그 부분을 건드리면 아마 차수경은 상당히 마음이 급해질 겁니다, 후후후."

⚖️

"뭐? 그게 무슨 소리야? 티타에게 접근하는 단체가 있다고?"

"네. 티타에게 모금을 하는 게 어떠냐고 했답니다."

"이런 미친 새끼들! 그 새끼들 뭐야! 왜 우리 떡밥에 손을 대고 있는데?"

자신들이 이 사건을 잡기 위해 얼마나 노력했던가?

그런데 이제 와서 다른 단체가 그걸 집어삼키려고 하고 있었다.

"상도의가 없어! 상도의가!"

"하지만 우리가 막을 수는 없습니다. 아시겠지만 이건 법적으로 한 단체에서만 도와줄 수 있는 건 아니지 않습니까?"

"아니, 그래도 그렇지!"

차수경은 발끈했다.

확실히 그렇다.

모금은 정부의 허가를 받아서 할 수 있으며, 당사자인 티타가 승인하면 그들은 티타를 대신해서 그 업무를 볼 수 있다.

그 경우 그들은 그 돈에서 일정 수수료를 떼고 티타에게 주게 된다.

"그 녀석들이 뭐라고 했다는데?"

"40%를 요구했답니다."

"40%?"

차수경의 얼굴이 환해졌다.

그들 역시 티타를 위해 모금을 준비하고 있었다.

그리고 그들은 티타에게 30%를 요구할 생각이었다.

"당장 티타한테 가서 그건 우리가 해야 한다고 이야기해! 애초에 처음부터 도와준 건 우리고, 우리가 무려 10%나 덜 먹으니까 티타는 우리한테 넘어올 거야."

"알겠습니다."

"그리고 주변에 다른 조직 애들이 얼씬도 못 하게 해! 도대체 사람 관리를 어떻게 하는 거야?"

차수경은 신경질을 내며 짜증스럽게 말했다.

"당장 숙소 바꿔. 안전 문제로 위험하다고 핸드폰도 바꾸고."

"알겠습니다, 대표님."

"요즘은 애들이 상도의가 없어요, 상도의가."

하지만 차수경은 몰랐다.

자신이 노형진에게 놀아나고 있음을 말이다.

차수경의 예상대로 티타는 그들에게 권한을 줬고, 공식적으로 티타를 돕기 위한 모금은 차수경이 하게 되었다.

하지만 노형진은 전혀 아쉽지 않았다.

애초에 그들이 가능하면 빨리 모금을 시작하게 하는 게 목표였으니까.

"얼마나 모였다고요?"

"공식 자료에 따르면 2억 2천쯤 모였답니다."

"하여간 한국에는 착한 사람들이 참 많아."

노형진은 혀를 끌끌 차면서 머리를 흔들었다.

"아마도 미안해서겠지요."

"그런 감정도 있을 겁니다."

한국으로 온 외국인 아내. 믿을 거라고는 남편밖에 없어서 오로지 남편 하나 바라보고 왔는데 정작 그에게 도움받기는커녕 맞고 살았다고 하니 사람들은 사건에 화를 내면서도 동시에 미안함을 느끼고 있을 것이다.

한국 특유의 집단의식은 개인의 범죄에 대해 사회적으로 대하는 경우가 많다.

가령 미국에서 한국계 미국인의 총기 난사 사건이 있었는데 대통령이 사과해야 한다고 난리를 치거나, 주한 미국 대사가 미친놈에게 습격당했는데 뜬금없이 사과의 부채춤 행사를 한다는 식으로 말이다.

물론 미국에서는 이해 못 했다.

양쪽 다 그냥 미친놈이 저지른 범죄이지 한국은 전혀 상관없는 일이니까.

어찌 되었건 그러한 집단적 죄의식은 티타에게 어마어마한 후원이 몰려들게 해 주고 있었다.

"이쯤에서 우리가 일을 저질러야겠지요?"

노형진은 씩 웃으며 말했다.

노형진은 기자회견을 자처했다.

사회적으로 큰 이슈가 되어 있는 사건이고 공식적으로 강두건 쪽에서 어떠한 말도 없었기에 일방적으로 두들겨 맞고 있는 상황에서 이루어진 노형진의 기자회견은 관심을 끌지 않을 수가 없었다.

'일단 좀 강하게 나가 볼까?'

노형진은 기자들을 보면서 조심스럽게 입을 열었다.

이 경우에 워딩이 참으로 조심스럽다.

만일 우리는 억울하다고 하면서 증거를 공개하면, 이 사건은 강두건과 티타의 일로 국한될 뿐이다.

하지만 노형진이 이 사건을 그냥 둘 리 없었다.

"친애하는 국민 여러분, 저희 새론에서는 현재 벌어지고 있는 사기 사건에 대해 심각한 우려를 표하고 있습니다."

"사기? 무슨 사기?"

"설마 외국인 부녀에 대한 폭행이 사기라고 주장하시는 겁니까?"

"증거가 있습니다! 증거가!"

"아무리 새론이라지만 피해자를 이렇게 매장시키려고 해도 되는 겁니까?"

이미 결판이 난 사건이라고 생각해서 그런지 기자들의 질문은 뜨겁기 그지없었고, 그 질문의 답은 새론이 사죄하는 거라는 걸 노형진이 모르지는 않았다.

'내가 그렇게 만만해 보이니? 그렇게 당하고도 아직도 날 만만하게 보네.'

노형진은 속으로 피식 웃으며 다음 이야기를 꺼냈다.

"강두건 씨의 폭행 사건의 경우 저희도 폭행을 부정하지는 않습니다. 이미 그 부분에 대해서는 경찰에서 인정했습니다. 다만 그 과정에 이상함을 느껴서 현재 조사 중에 있습니다."

"말장난하지 맙시다! 외국인 여자를 사 오다시피 하고 나서 팬 순간부터 그 인간은 쓰레기야!"

"도대체 경찰은 뭐 하고 있는 거야!"

누군가의 고함 소리.

사회적으로 누구 하나 매장하고 말겠다는 저 가열찬 광기.

'이제 그걸 돌릴 때다.'

노형진은 기자들을 바라보면서 차분하게 말했다.

"강두건 씨의 폭행 사건에 대해서 추가적으로 언급할 사항은 없습니다. 하지만 현 상황에서 저희는 피해자라고 주장하는 티타로 인해 발생할지도 모를 다른 피해자들을 막아야 하기에 이렇게 기자회견을 하고자 한 것입니다."

"무슨 말도 안 되는 소리야?"

"말이 안 되는 것이 아닙니다. 저희에게는 피해자라고 주장하는 티타가 강두건 씨와 사기 결혼을 했다는 증거가 있습니다."

"뭐라고? 증거가 있어?"

"그냥 어디 돈 보냈다 정도겠지."

다들 무시하는 그때 노형진이 뒤쪽으로 신호를 보냈고, 곧 빔 프로젝터가 켜졌다.

"아닙니다. 티타는 한국 국적 취득을 목적으로 저희 측 의뢰인 강두건 씨와 결혼했고, 그 과정에서 전 남자 친구와 함께 이혼 및 그 과정에서 폭행을 유도하고 그 이후에 위자료를 받고 튀는 상황까지 모두 상세하게 준비했습니다."

"뭐……."

원본으로 올라온 내용과 그 옆에 번역된 내용을 보던 기자들은 멍한 표정이 되었다.

"보다시피 이건 익명의 제보로 온 증거입니다. 티타 씨와 전 남자 친구인 분추 씨의 메신저 내용입니다. 그리고 이쪽은 분추 씨의 메일에서 확인된 티타 씨가 보낸 내용입니다. 이 자료에 따르면 티타 씨는 강두건 씨에게 고의로 폭행을 유도하고 그 후에 이혼, 그리고 법관과 공무원의 동정심을 유도하여 한국 국적을 취득한 후 전 남자 친구인 분추 씨를 한국으로 초청하여 결혼하는 것까지 착실하게 계획해 놨고, 현재 대부분을 이룬 상황입니다. 관련 내용과 증거는 인쇄물로 나누어 드릴 테니 나가는 길에 가지고 가시면 됩니다."

기자들은 멍하니 화면을 바라보았다.

만일 증거가 조작된 게 아니라면 상황이 완전히 달라진다.

"아까 경찰이 뭐 하고 있느냐고 하셨지요? 현재 경찰은 이 사건에 대해 조사 중입니다. 그래서 사건의 진행이 느린 점이 있습니다. 저희 새론은 강두건 씨의 폭행 부분에 대해 부정하지 않습니다. 하지만 이 제보가 사실이라면, 강두건 씨에게는 충분히 정상참작의 여지가 있다고 볼 수 있습니다."

침을 꿀꺽 삼키는 사람들.

그들은 넘어가는 화면에서 눈을 떼지 못했다.

"그리고 그 제보 중에는 티타 씨와 전 남자 친구인 분추 씨를 모텔에서 찍은 사진이 있습니다. 개인적인 사진이기에 공개하지는 않았습니다만, 그 날짜는 이미 강두건 씨가 티타 씨와 결혼하고 8개월이 지난 시점입니다."

"8개월?"

"결혼 후에? 그럼 아예 사기 결혼 아니야?"

드디어 바뀌기 시작하는 여론.

노형진은 그들을 보면서 미소 지었다.

이 순간부터 이제 여론은 그가 지배하게 될 테니까.

"이 증거를 얻은 후에도 강두건 씨는 아내에 대한 최소한의 예의로써 이슈화하지 않고 조용히 이혼소송으로 처리하려고 했습니다. 현재 강두건 씨 역시 폭행에 대해서는 인정하고 있는 상황이며 처벌 역시 달게 받겠다고 하였습니다. 어찌 되었건 티타 씨에게 손댄 것은 사실이고, 사죄의 의미로 이 증거자료는 법원 증거 외에는 외부에 공개할 생각이 없었습니다."

"그런데 왜 공개한 겁니까?"

"공개할 이유가 없지 않습니까?"

"갑자기 복수심이 생기기라도 한 겁니까?"

'갑자기는 아니지.'

복수심은 원래부터 있었다. 다만 그걸 적절히 감췄을 뿐이다.

그래야 그가 재기하기 쉬워진다.

일단 폭행을 한 폭행범인 것은 사실이다.

다만 폭행범 이미지가 계속 남아 있으면 그는 사회적으로 곤란해질 수밖에 없다.

'하지만 이렇게 함으로써 폭행범 이미지는 많이 희석되지.'

도리어 사람들은 그를, 자기 손실을 각오하고라도 사죄를 할 줄 아는 사람으로 보기 시작할 것이다.

"복수심으로 발표한 게 아닙니다. 아까도 말씀드렸다시피 사기의 다른 피해자들 때문입니다."

"다른 피해자들……?"

"저희가 알기로는 현재 티타 씨에게 억 단위 이상의 기부금이 모이고 있다고 하더군요. 기본적으로 이건 강두건 씨의 폭행 사건이 맞지만, 그 원인은 사기 결혼입니다. 그런데 현재 티타 씨는 강두건 씨뿐만 아니라 국민들까지 속여서 모금을 하고 있습니다. 이게 사기가 아니라면 뭐겠습니까?"

다들 자기도 모르게 고개를 끄덕거렸다.

확실히 티타에게 모인 돈은 적지 않다.

그 말은, 그 돈을 낸 사람들이 모두 사기의 피해자라는 것이다.

"질문 있으십니까?"

노형진이 슬쩍 바라보면서 묻자 사람들은 미친 듯이 손을 들기 시작했다.

⚖

차수경은 미친 듯이 오는 전화에 입술이 바짝바짝 말랐다.

사실 단순히 도와준 것뿐이라면 이 정도로 전화가 오고 문제가 되지는 않았을 것이다.

자기들도 속았다고 하면 그만이니까. 실제로도 그랬고.

문제는 돈이었다.

그사이에 기부된 돈이 2억이 넘는다.

지금 다시 내놓으라고, 미친 듯이 전화가 오는 것이다.

당연하다.

불쌍해서 믿고 도와줬더니 애초부터 사기였단다. 열 받지 않으면 그건 사람도 아니었다.

─돈 내놓으라고, 이 사기꾼 새끼들아!

"기부자님, 저희도 속아서 한 거라……."

─그게 말이 된다고 생각하냐? 저렇게 증거가 버젓이 있는데? 제대로 알아보지도 않고 돈을 모아?

"저희도 그 사실에 대해서는 지금 확인 중……."

─아, 닥치고 돈 내놔! 당장 내놓지 않으면 고소할 거야!

길길이 날뛰는 사람들.

전 직원들이 매달려서 어떻게 해서든 화를 식히려고 하고 있지만 화를 내는 사람이 직원보다 훨씬 더 많아서 당연히 그런 건 불가능했다.

'젠장. 좀 더 알아보고 할걸.'

노형진이 이상하다고 했을 때 좀 알아봤어야 했다.

하지만 차수경은 그가 하는 말이 모든 가해자들이 다 하는 말이라 생각하고 철저하게 무시했다.

그 결과 자신들은 곤란한 상황에 처하게 되었다.

돈을 돌려준다고 해서 그동안 들어간 돈을 티타에게 받아 낼 수도 없다.

아니, 그건 사실 문제가 아니다.

문제가 되는 건 외국인여성구조협회의 이미지가 완전히 작살났다는 것이다.

이제 다시는 기부금을 기대하기 힘들 만큼 말이다.

십수 년 동안 유지한 단체지만, 무너지는 것은 한순간이었다.

"제발…… 제발……."

차수경은 하늘에 빌었다. 도와 달라고, 살려 달라고.

하지만 하늘은 그녀에게 별로 관심이 없었나 보다.

"대표님!"

"어, 그래! 어떻게 되었어요!"

다급하게 들어오는 한 직원.

티타에게 보냈던 직원이었다.

상황을 파악한 그들이 가장 먼저 잡아야 하는 것은 티타였 으니까.

안전을 위해 협회 사무실 주변이 아니라 아예 별개의 장소 에 둔 것이 문제였다.

"그, 그게……."

"어떻게 되었느냐니까!"

"도, 도망갔습니다."

"도망? 도망?"

"네…… 돈도 모두 찾아서……."

차수경은 그대로 주저앉았다.

결국 강두건은 집행유예를 받았다.

티타가 사기 결혼을 한 것은 사실이나 그가 티타를 때린 것도 사실이기 때문이다.

사실 상습 폭행으로 집행유예를 받는 경우는 무척이나 드물었다.

"그래도 나름 성공했네요."

강두건은 사람들에게 피해자로 기억되어서 사업에 큰 피해를 입지는 않았다.

"다만 차수경 씨한테 노 변호사님이 그렇게 하실 줄은 몰랐는데요?"

"아, 그거요?"

노형진은 피식 웃었다.

노형진은 차수경을 도와줬다. 엄밀하게 말하면 그녀도 피해자니까.

물론 그녀가 강두건과 티타를 이용하려고 한 건 사실이다. 그게 기분 나쁜 것도 사실이고.

"제가 기분 나쁘다고 해도, 현실은 또 다르니까요."

이번에는 티타가 사기 결혼을 한 게 사실이다.

"하지만 그렇다고 해서 외국인 신부들이 다 사기 결혼하는 건 아닙니다. 사실 대부분의 신부들은 가족들을 위해 자기를 버리는 선택을 하는 거지요."

그리고 차수경의 말대로 많은 한국 남자들이 피해자들을 도구로 생각하면서 구타를 하는 것도 사실이다.

"그들을 돕기 위해서는 외국인여성구조협회가 꼭 필요합니다. 차수경 씨가 조금 욕심을 부렸다고 해서 그 조직이 사라지면 진짜 피해자들을 도울 방법이 없지요."

"그래서 잡을 수 있게 도와주신 거군요."

티타는 일이 터지자마자 바로 태국으로 도망갔다.

하지만 그녀는 비행기에서 내리자마자 기다리고 있던 태국 경찰에게 붙잡혔다.

당연히 그녀가 가지고 있던 돈은 한 푼도 쓰지 못했고 말이다.

"그냥 두면 외국인여성구조협회가 망할 수도 있으니까요."

하지만 티타를 잡은 이상 사기 모금의 책임은 티타가 치르면 된다.

외국인여성구조협회는 그 과정에 쓴 경비 정도만 감당하면 되고.

그리고 그 부분마저도 노형진이 커버해 주기로 했다.

"다만 조건을 달기는 했지만요."

외국인이라서, 여자라서 무조건 피해자라고 생각할 게 아니라, 사건에 대해 알아보고 도와주라는 조건을 제시한 것이다.

　　"물론 이제는 그럴 테지만요."

　　극한까지 몰렸던 차수경은 몇 번이나 고개를 숙여서 사과하고 또 감사하다고 인사를 건넸다.

　　"아내를 때리는 소수의 미친놈들을 잡으려면 그들이 필요합니다. 우리가 모든 걸 다 할 수는 없으니까요."

　　노형진은 어깨를 으쓱하며 말했다.

　　"저마다 자기 일을 하다 보면 언젠가는 세상이 좋아지지 않겠습니까? 후후후."

　　"제발 그랬으면 좋겠네요."

　　노형진과 무태식은 서로를 바라보면서 어색하게 웃었다.

큰 죄와 더 큰 죄

노형진은 잔뜩 몰려 있는 기자들을 보고 눈을 찌푸렸다.

"저 인간들, 위험한 상황인 건 알고 있기는 한 겁니까?"

"언제 기자들이 사람들 목숨을 챙겼냐?"

오광훈은 짜증스럽게 말했다.

기자들은 경찰의 제지에도 불구하고 어떻게 해서든 사진 한 장이라도 더 찍으려고 난리를 피우고 있었다.

"그런데 도대체 상황이 어떻게 되어 가는 거야?"

"나도 몰라. 나도 갑자기 불려 온 거라고."

오광훈도 피곤한 듯 말했다.

그도 야근을 하던 와중에 불려 왔는데 주변에서 왜 불렀는지 말해 주는 사람은 없었다.

"내가 아는 건 지금 인질극이 벌어지고 있다는 것뿐이야."

"끄응, 꼴을 보니까 아무래도 그 인질범 새끼가 우리를 부른 것 같은데."

그게 아니라면 그들을 동시에 여기에 부를 이유가 없다.

그 순간 문이 열리면서 한 남자가 피곤한 얼굴로 들어왔다.

"정확하게 아셨습니다. 지금 인질범이 노형진 변호사님과 오광훈 검사님을 불렀습니다."

"누구십니까?"

"네고시에이터인 권주언이라고 합니다."

"네고시에이터?"

"교섭인을 뜻해. 이런 경우는 전문적으로 훈련받은 인질 협상 전문가고."

노형진은 그렇게 오광훈에게 설명을 하면서 권주언을 바라보았다.

"정확히 어떤 상황입니까?"

"현재 범인은 68층에서 일가족을 인질로 잡고 있습니다. 아이 세 명과 어른 한 명입니다."

피곤한 얼굴로 말을 하는 권주언.

"그리고 그들은 현 국방부 장관의 딸과 그 가족입니다. 남편은 출근한 상황이어서 화를 면했습니다."

"난리가 났군요."

노형진은 머리를 흔들 수밖에 없었다.

일반인을 대상으로 인질극을 벌여도 난리가 날 상황인데 국방부 장관 딸의 가족이라니.

"인질범은 한 명뿐이지만 제압이 쉽지 않습니다."

"구출 작전은요?"

"현실적으로 불가능합니다. 일단 층수가 68층이니까요."

　일반적으로 구출 작전을 할 때 가장 많이 쓰는 방법은 저격과 강제 돌입이다.

　그런데 무려 68층이다.

　아파트도 아니고 주상 복합으로 세워진 총 80층짜리 초거대 건물.

　도심 한복판을 내려다보면서 권력을 누리기 위해 만들어진 건물.

"일단 주변에 저격이 가능한 건물 자체가 없습니다. 설사 헬기 등을 동원한다고 해도 저격 확률이 높지 않습니다. 건물 자체가 워낙 높다 보니 와류가 불규칙하게 발생하고 있어서요."

　총알은 빠르기만 하지 무겁지는 않다.

　당연히 저격총을 쏜다고 해도 강한 와류에 휘말리면 엉뚱한 곳으로 날아갈 수밖에 없다.

"강행 돌파는요?"

　결국 남은 것은 강행 돌파다.

　위에서 조심스럽게 내려와서 창문을 깨고 안으로 들어가

는 것.

인질범이 한 명뿐이라고 하니 충분히 가능한 작전이다.

"그랬으면 좋겠습니다만, 창문에 방탄 처리를 했다고 하더군요."

"끄응……."

유리는 방탄유리가 따로 나오기도 하지만 외부에 방탄 필름을 붙일 수도 있다.

그리고 그 경우 총알도 막아 낸다.

"일반적인 강화유리이기는 하지만 뚫고 갈 수가 없게 된 거지요."

강화유리는 그냥 두들겨서 깰 수 있는 게 아니다.

하물며 허공에 매달려서 깰 수도 없다.

결국 남은 방법은 하나뿐이다.

작은 폭탄 등을 써서 터트려 버리는 것.

"그런데 가족들을 모두 창가에 쭈욱 두고 있습니다."

"창가에요?"

"네. 이런 일에 능숙한 사람입니다."

만일 68층에서 갑자기 창문이 터져 나가면?

아마 그 앞에 있는 사람들에게 엄청난 피해가 생길 것이다.

강화유리가 마치 수류탄처럼 파편을 사방에 날릴 테니까.

그리고 최악의 경우 갑작스러운 충격과 기압 차로 인해 가벼운 사람들은 창문 바깥으로 튕겨 나갈 수도 있는 일이다.

이것이 법이다

"아이들이 세 명이라고요?"

"네."

아마도 그 희생자는 아이들이 될 테고 말이다.

"최악이군요."

생중계로 아이가 떨어지는 걸 보게 될 테니까.

"그걸 알면서도 카메라를 저쪽에 고정시켜 둔 겁니까?"

"그걸 알기에 아마 고정시켜 놨을 겁니다. 어쩌면 그걸 기다릴지도 모르지요."

"개새끼들."

오광훈은 이를 빠드득 갈았다.

하지만 노형진은 더욱 얼굴이 심각해졌다.

"상황을 보아하니 말씀대로 그 인질범이 이쪽으로 익숙한 것 같은데요?"

무려 80층짜리 건물이 보안이 약할 리 없다.

그런 곳을 뚫고 들어가서 사회적으로 명망 있는 집안의 가족들을 인질로 잡는다는 것은 절대 쉬운 일이 아니다.

더군다나 일반적으로 인질범들은 상대방을 통제하기 위해 밀폐된 공간에 가두어 두는 걸 선호하지 저렇게 창문 앞에 주르륵 두지는 않는다.

즉, 상대방은 강제 돌입까지 예측하고 있다는 거다.

"더군다나 집 안에 있으니 당분간 식사 문제는 해결될 테고요."

단수? 그건 영화에나 나오는 일이다.

단수되면 인질 중 누가 죽을지도 모를 일이다.

"엘리베이터도 전용이지요?"

"네."

"그러니까 누군가와 대면할 이유도 없군요."

필요한 걸 이야기하면, 그걸 그냥 엘리베이터에 넣어서 바로 올려 보내면 그만이다.

배달부로 꾸며서 접근하는 건 애초에 불가능하고.

"제대로 작심한 놈 같은데, 도대체 누굽니까?"

"일단 공식적으로는 정신이상자의 소행입니다."

"정신이상요?"

"네, 공식적으로는요."

긴 한숨을 내쉬는 권주언.

그는 주변을 슬쩍 보더니 나지막하게 말을 꺼냈다.

"비공식적으로는 공작원입니다."

"네?"

노형진은 눈을 찌푸렸다.

"공작원이라니요? 북파 공작원 말입니까?"

"네, 비공식이지만요."

"그게 공식이 될 수가 없지 않습니까?"

정부에서 북파 공작원을 파견한 일 자체가 인정된 게 얼마 되지 않았다.

그마저도 정부에서 자발적으로 인정한 게 아니다.

정부에서는 그들에게 추후에 대단한 보상이 있을 것처럼 속여서 모집하고 북한으로 보내서 정보를 수집하거나 요인을 암살하거나 고정간첩과 접촉하는 임무를 맡겼다.

그리고 그들이 돌아오면 약속된 보상 대신에 개 패듯이 패고 쫓아냈다.

그런 행태가 무려 수십 년간 반복되었다.

결국 참다못한 공작원 출신들이 뭉쳐서 단체로 시위를 하였고, 그제야 정부에서는 어쩔 수 없이 인정하고 그들에게 보상을 해 줬다.

"그런데 갑자기 이제 와서 왜 인질극이랍니까?"

현재 공식적으로는 한국에서 북한으로 보내는 북파 공작원은 없다.

하지만 애초에 이런 일에 공식이라는 게 아무런 의미가 없다는 것은 개나 소나 다 안다.

미국도 적성국에 공식적으로는 스파이를 보내지 않는다.

하지만 미국에는 CIA가 있고 한국에는 특수정보 부사관이라는 존재가 있다.

그들이 뭘 하는지는, 공식적으로는 아무도 모른다.

"설마 자기 인생 보상하라 이겁니까? 그런 거라면 방향 완전 잘못 잡았는데요."

일단 인질극을 벌인 순간부터 그건 물 건너간 거다.

사법의 심판이 기다리니까.

더군다나 자신을 부른 이유가 말이 안 된다.

"모릅니다."

권주언은 나지막하게 목소리를 낮췄다.

주변에 누군가 있다는 듯이 말이다.

"하지만 그가 아무 생각 없이 그랬을 가능성은 낮아 보입니다. 아시다시피 북파 공작원의 선발 기준이 까다롭지 않습니까?"

북파 공작원은 오로지 적은 수로 움직인다.

그래서 냉철하고 차가우며 절대 흥분하지 않는다.

그건 훈련된 것이 아니라, 애초에 그런 사람으로만 선발한다.

"그런데 그런 사람이 갑자기 극도로 흥분해서 인질극을 벌인다는 건 말도 안 되지요."

더군다나 다른 사람도 아니고 국방부 장관의 가족을 대상으로 인질극을 벌인다?

"그도 계획이 있는 겁니다. 그것도 자신을 갈아 넣어야 할 만한 계획이."

"음."

노형진은 턱을 문질렀다.

무슨 일인지 모르겠지만 그 계획 중에 그 자신이 차지하는 비중이 절대 작을 것 같지는 않았다.

"그는 저와는 어떠한 말도 하지 않고 있습니다. 그저 두

분을 데리고 오라고 하더군요. 두 분에 대한 안전은 보장했습니다만, 대신에 완전히 빈 몸으로 와 달랍니다."

그러면서 슬쩍 옷을 내미는 권주언.

"반바지에 티셔츠라⋯⋯. 녹음기가 붙는 걸 두려워하는 것 같군요."

"네. 어떻게 하시겠습니까?"

사실 인질범이 노형진과 오광훈을 불렀다지만 두 사람은 민간인이다.

물론 오광훈이 검사이기는 하지만 이 사건을 담당한 것도 아니다.

"가기 싫다면 거절하셔도 됩니다. 혹시나 해서 전화로 통화가 가능하냐고 물어봤습니다만, 그쪽에서는 거절했습니다."

노형진은 반바지와 티셔츠를 집어 들었다.

"어디서 갈아입으면 됩니까?"

'띵!' 하는 소리와 함께 열리는 엘리베이터.

안으로 들어가자 공포에 가득한 가족들의 눈이 보였다.

"늦었구만."

남자는 60대쯤으로 보이는 사람이었다.

그의 눈은 번득거리고 있었고 온몸에는 흉터가 가득했다.

'북파 공작원 맞아?'

나이가 있으니 그럴 수도 있다.

하지만 그를 둘러싼 광기는 전혀 북파 공작원으로 보이지 않게 했다.

"네놈이냐, 노형진이? 왼쪽에 있는 놈은 오광훈이겠군."

그는 피곤한 얼굴로 손에 든 총을 까딱거렸다.

노형진은 그걸 보고 눈을 찌푸렸다.

단순 인질극이라고 들었다. 그런데 상황이 아무리 봐도 단순 인질극은 아니었다.

"도대체 그건 어디서 구한 겁니까?"

노형진은 기가 막혀서 말이 안 나왔다.

그럴 수밖에 없는 게, 그의 손에 들린 건 권총이 아니라 소총이었다.

거기에다가 집 주변에는 몇 개의 수류탄이 인계 철선으로 연결되어 있었다.

만일 강제 돌입을 하면 이 층이 아예 통째로 날아갈 만큼 말이다.

"북한에서 모가지를 따고 다니려면 이 정도는 기본 아니겠어? 모르지는 않을 텐데?"

이미 사전에 듣고 왔을 거라 생각한 남자는 피식 웃었다.

"저기, 성함은……."

"알 필요도 없고 알려 주고 싶지도 않아. 어차피 정부에서는 나라는 존재에 대해 모른다고 할 테고 국가에서는 어떤 미친놈의 소행으로 발표할 테니까."

차분하지만 차가운 말.

"내 이름을 알려 줘 봐야 이제는 존재하지도 않는 사람이겠지."

씁쓸하게 웃는 노인.

노형진은 그걸 보고 확신했다.

그는 미친 게 아니다. 진짜로 목적이 있어서 이 일을 저질렀다.

"일단…… 샤워부터 하는 게 어때?"

"네?"

노형진은 반문했지만 이내 그 이유를 알 수 있었다.

"깨끗하네."

노형진은 뚝뚝 떨어지는 물을 수건으로 닦으면서 입맛을 다셨다.

다짜고짜 그가 노형진과 오광훈에게 물을 뒤집어씌웠기 때문이다.

그리고 왜 그랬는지 알 수 있었다.

하얀색의 티셔츠와 반바지. 물에 젖어 버리자 그 안이 반투명하게 비쳤으니까.

"도대체 무슨 말을 하려고 이렇게까지 하는 겁니까? 애초에 우리는 왜 부른 겁니까?"

"왜냐고?"

남자는 차가운 눈빛으로 돌변했다.

그리고 바닥에 쓰러진 가족들을 바라보았다.

"누구도 믿을 수 없으니까."

"누구도 믿을 수 없다고요?"

"그래. 경찰도 검찰도 법원도 국방부도, 누구도 믿을 수 없으니까."

"이해가 안 갑니다만. 우리는 믿을 수 있다고 생각하십니까?"

"민간단체 중에서 경찰 이상의 수사 능력을 가지고 있는 유일한 집단이 새론이지. 그리고 오광훈 검사. 부장검사고 지검장이고 다 들이받고 다니는 꼴통."

"아니, 저쪽은 칭찬인데 저는 왜 꼴통입니까?"

입을 삐쭉 내미는 오광훈.

그런 오광훈에게 남자는 차분하게 말했다.

"그것도 칭찬이야."

"아닌 것 같습니다만."

"긴장 풀려고 말장난하지 마."

노형진은 움찔했다.

실제로 그런 목적으로 말장난을 건 건데 바로 틀어막혔으니까.

"그런다고 해서 내가 흔들리지도 않을 테고 말이지. 여차하면 이게 있어."

손에 걸린 수류탄 안전핀을 흔드는 남자.

그 말은, 저 수류탄들은 안전 클립만 걸려 있는 상황이라는 거다.

'진짜 누군가가 들어오면 죄다 터져 나가겠군.'

특히 창문 쪽에 집중되어 있는 게, 누군가가 거기로 강제로 들어오면 가족과 함께 모조리 날려 버리겠다는 목적이 뻔하게 보였다.

"가는 순간이라도 멋지게 가야지."

"그렇다고 하기에는 인질이 불쌍하지 않습니까? 아직 애들인데요."

남자가 피식 웃었다.

"불쌍해? 내가 북한에 드나들면서 딴 모가지가 몇 개라고 생각해? 그 안에 애들은 없었을 것 같아? 애들이 날 보면서 '아저씨, 빠이빠이.' 하고 손을 흔들어 줄 것 같아?"

"……."

그럴 리 없다.

북한은 극단적으로 세뇌를 하는 나라니 그가 발견되는 순간 아무리 어린아이라도 바로 신고가 들어갈 것이다.

애초에 아이이기 때문에 더욱 확실하다.

머리가 깨끗할수록 세뇌는 잘 먹히니까.

"내가 저 애들을 조금이라도 불쌍하게 생각할 것 같아? 웃기고 자빠졌네. 나 같은 사람들의 피를 빨아서 배때기를 채우는 장군의 자식들이? 내 말이 농담 같아? 내가 한번 저기에 있는 애들 모가지 하나 따 볼까?"

그 말에 흠칫하는 아이 엄마. 그녀는 애써 아이들을 자신의 뒤로 감추려고 노력했다.

"장군 월급이 얼마나 많으시기에 따님이 이런 최고급 아파트에서 살까?"

노형진은 씁쓸한 미소가 나왔다.

이 아파트의 가격은 87억. 장군이 평생을 모아도 절대 사지 못한다.

하물며 당사자도 아니고 딸이? 그건 절대 불가능하다.

"설마 국방 비리에 화가 나서 이런 일을 한다는 소리는 하지 않으실 테고요."

"그걸 어떻게 알지?"

"아직 요구 사항은 없으시지만 그냥 느낌이 그렇습니다. 개인적인 문제로 이런 일을 저지를 분은 아니라는 느낌이 왔습니다."

"나를 본 다른 사람들은 다들 미친놈이라고 하던데?"

"미친놈을 상대하는 게 변호사 일입니다. 그래서 미친놈은 많이 봤지요."

하지만 그의 눈에 광기는 보이지 않았다. 신념은 가득했지만.

이것이 법이다

'물론 신념에 미친 놈도 있지만.'

하지만 그는 그렇게 보이지도 않았다.

만일 신념에 미친 거라면 노형진을 부르지는 않았을 테니까. 또한, 벌써 인질 중 한 명쯤 죽였어도 이상하지 않다.

애초에 그런 놈이라면 쉬운 표적을 노리지 국방부 장관의 딸 같은 난이도 있는 표적을 노리지도 않고.

"그래서 하고 싶은 말이 뭡니까? 아무런 발표도 하지 않고 저희를 부른 걸 보면 억울한 게 있어서 저희를 이용하시려는 것 같은데."

노형진의 말에 노인의 눈에 이채가 서렸다.

"역시 눈치가 빠르군."

그는 고개를 끄덕거렸다.

그리고 고개를 돌려서 인질들을 바라보더니 조용히 목소리를 낮췄다.

"어차피 시간이 없으니 단도직입적으로 말하지. 한선구 그 새끼, 간첩이야."

노형진의 입이 쩌억 벌어졌다.

한선구.

자유신민당의 사무총장으로, 확고한 홍안수 대통령 라인으로 분류되며 홍안수가 추후 정권 양도를 위해 집중적으로 키우는 정치인 중 한 명이다.

현재 5선으로, 확고한 자기 자리를 잡았다.

"그 사람이 간첩이라고요?"

"그래. 농담 같아?"

"아니, 말이 안 되지 않습니까? 그는 확실한 반공주의자입니다!"

옆에서 상황을 이해하지 못해 조용히 있던 오광훈도 말도 안 된다는 듯 목소리를 낮췄다.

그럴 수밖에 없는 게, 이건 나라가 뒤집어질 일이다.

"반공주의자라고 하지, 입으로는. 근데 그 빨갱이 타령은 나도 입으로는 할 수 있어."

"……"

"그런데 정작 그 한선구가 그와 관련되어서 뭔가 하는 거 봤어?"

"하지만 정치적으로 국회의원 한 명이 그렇게 뭔가를 하기에는……"

노형진은 말을 더 이어 나가려다가 입을 다물었다.

맞다.

자유신민당이 빨갱이 타령을 하고 빨갱이한테 나라가 망한다고 매일같이 외치지만, 정작 정당으로서 북한에 영향력을 행사하기에는 한계가 있다.

외교의 문제는 정당이 아니라 대통령이 결정하는 거니까.

그러니까 그들의 빨갱이 타령의 목적은 진짜 북한 타도가 아니라 정권 유지다.

"하지만 제가 알기로는 그분, 원래 한국 사람일 텐데요? 더군다나 그분은 북파 공작원 출신으로 알고 있는데……."

공식적으로 북파 공작원이 인정된 후 그는 스스로 북파 공작원이라고 인정했다.

그리고 그 점과 확고한 반공 사상을 바탕으로 그는 무려 5선이라는 확고한 자리를 잡을 수 있었다.

"그래, 그 녀석 북파 공작원이지. 그런데 북파 공작원이 다 살아서 오는 줄 알아?"

"그건……."

북파 공작원의 생환율은 무척이나 낮다.

그럴 수밖에 없는 게, 그들의 무장은 형편없으며 구출은 기대도 못 한다. 더군다나 공식적으로 정부에서도 인정하지 않았으니까.

"발각되면 살려고 발악하다가 총 맞아 뒈지든가 아니면 청산가리 물고 뒈지든가 수류탄 안고 뒈지든가 총구를 입에 물고 뒈지든가, 뒈지는 방법은 마음대로 고를 수 있지만 그래도 뒈지는 건 뒈지는 거지."

남자는 차갑게 말했다.

"그런데 말이지, 아무리 훈련을 받아도 뒈지기 싫은 놈들이 있기 마련이거든."

"그게 무슨 말씀입니까?"

"북파 공작원으로 갔다가 도리어 그들에게 포섭되어서 역으로 내려온 놈들이 있다는 거야."

"그런……."

오광훈은 말도 안 된다는 표정이 되었지만 노형진은 입술을 깨물었다.

실제로 있는 일이었으니까.

"심문규 사건 말씀이군요."

"알고 있네? 아는 사람 별로 없는데."

심문규 사건.

북파 공작원인 심문규에게는 아들이 하나 있었다.

그런데 그가 북한으로 파견된 상황에서 아들이 그의 부대로 면회를 왔다.

정상적인 국가나 국방부였다면 아들에게 아버지는 훈련 중이니 그냥 돌아가라고 했어야 한다.

하지만 그 당시 대한민국은 정상적인 국가가 아니었다.

1955년이니까.

그들은 면회를 온 심문규의 아들을 강제로 구금하고, 아들에게 총기술에서부터 잠입술까지 가르쳐 가며 북파 간첩으로 키우기 시작했다.

문제는 그 심문규의 아들의 나이가 고작 여섯 살이었다는 것이다.

북한에 가기는커녕 유치원에 다녀야 할 아이를, 어려서 의심받지 않을 거라는 단순한 이유 하나만으로 같이 온 이모에게서 강제로 빼앗아서 훈련에 투입했다.

그것도 1년 반이나 말이다.

그 사실을 안 심문규는 한국에 돌아오기 위해 가짜 전향을 한 것처럼 북한을 속였고, 한국으로 돌아오자마자 바로 자수해 버렸다.

아들을 구하기 위해 말이다.

그런데 정부에서는 심문규를 간첩으로 몰아서 사형시켜 버렸다.

그리고 가족에게 알리지도 않고 시신을 화장시켜 버렸다.

이유는 간단하다.

고작 여섯 살짜리를 납치해서 북파 간첩으로 훈련시켰다고 하면 세계적인 지탄을 받을 게 뻔하니까.

아들은 이미 중간에 풀려난 후였지만 졸지에 애국자의 가족에서 간첩의 가족이 되었고, 수십 년 동안 고통받다가 45년이 지나고 나서야 진실을 알았다.

"배상 판결이 난 게 2012년이었지요, 아마?"

배상금은 얼마 되지 않았다. 고작 3억.

부자의 인생을 망쳐 버리고 사람을 죽여 버린 것치고는 터무니없이 작은 배상금.

"그때 언론에서는 대부분 쉬쉬했지만요."

노형진도 회귀 전에 우연히 알았던 사건이다.

정부에서 어떻게 해서든 감추려고 한 치부였으니까.

"그 사건을 아는 놈들이 있기는 하군. 맞아. 북파 간첩으로 갔다가 전향한 놈들이 분명 있지. 한선구가 그런 놈이고."

노형진은 입을 다물었다.

확실히 한선구가 북한에 파견될 때는 그런 시기였다.

만일 그가 북에 가서 전향했다면?

그래서 북한의 도움으로 성공적으로 귀환했다면?

"간첩일 수도 있겠네요."

오광훈 역시 상황을 이해한 듯 눈을 찌푸렸다.

눈앞의 남자가 자신과 노형진을 부른 이유를 알 것 같았다.

"만일 내가 이걸 정부에 보고하면 어떻게 될 것 같나?"

"아마 다음 날 변사체로 발견되겠지요."

정당한 보고라고 해도 정부에서는 인정하지 않을 것이다.

지금 한선구는 강력한 대통령 후보 중 한 명이다.

물론 선거까지 아직 좀 남아 있지만, 현재 홍안수는 어떻게 해서든 자기 라인을 차기 대통령으로 만들기 위해 노력 중이다.

그래야 자신의 범죄에 대해 처벌을 받지 않을 테니까.

"그리고 그게 드러나면 자유신민당도 심각한 타격을 받겠지요."

반공으로 권력을 유지하는 자유신민당의, 다른 사람도 아닌 사무총장이 북한의 간첩이라는 것은 치명적인 약점이 된다.

"그래도 보고는 하셨어야지요."

아무리 그래도 보고는 해야 했다. 그리고 국정원에서 처리하게 했어야 했다.

그런 노형진의 말에 그는 팔을 들어 보였다.

긴 흉터가 있었다. 얼마 되지 않은 듯한, 칼로 인해 생긴 흉터였다.

"보고야 했지. 그리고 이틀도 안 되어서 애새끼들 셋이 찾아왔더군. 내가 모가지를 따 버렸지만."

"으음……."

북파 공작원을 하는 사람은 바보가 아니다.

도리어 똑똑한 사람들이 많다.

그는 보고하는 순간 입막음당할 가능성도 존재한다는 걸 알고 있었기에 함정을 설치했고, 예상대로 자신을 습격한 자들을 죽여 버렸다.

"그런 사건은 없었는데……."

오광훈은 당황해서 말했다.

함정까지 파서 사람을 세 명이나 죽였으면 당연히 무슨 소리가 나왔어야 하니까.

"아마도 국정원에서 처리했겠지."

노형진은 예상이 간다는 듯 말했다.

"어차피 살기는 글렀고. 내가 아무리 잘났어도 한선구 그 새끼 모가지는 못 따."

이미 보고가 들어갔고 그의 존재는 드러났으니 당연히 한선구의 경호는 한층 더 강화되었다.

"애초에 모가지를 딴다고 끝나는 것도 아니고. 북파 공작원 중에서 북으로 전향한 새끼들이 한두 명도 아니고."

"하아."

노형진은 한숨만 나왔다.

"병신 짓을 좀 작작 했어야지요."

웃긴 일이지만 최소한 북한은 남파 공작원이 살아서 돌아오면 먹고살 방법은 마련해 줬다.

공식적으로 영웅 대접은 못 하지만 그래도 주요 자리 하나씩은 주곤 했다.

물론 그것도 다 옛날이야기이기는 하다. 지금은 그럴 능력이 안 된다.

하지만 한국은 그 당시에 북파 공작원을 말 그대로 버리는 패로 썼고, 용도를 다하면 그냥 두들겨 패서 쫓아냈다. 당연히 그 와중에 주기로 한 돈이나 안정적 일자리 따위는 준 적도 없다. 그러니 그걸 알게 된 북파 공작원들이 배신하지 않으면 그게 이상한 지경이리라.

"그리고 아직도 그 지랄이니."

가령 현재 북파 공작 업무를 담당한다고 의심되는 특수정보 부사관의 경우 복무를 마치면 대략 1억 4천 정도를 받는다고 한다.

그런데 여기서 문제가 되는 게, 이 돈이 생명 수당이나 위험수당이 아니라는 거다.

특수정보 부사관은 무조건 합숙 훈련을 하게 되기 때문에 무조건 영내 대기이고 분기당 외박이 1박 2일, 그리고 1년에 휴가 일주일만을 인정한다고 알려져 있다.

당연히 나와서 돈을 쓸 시간 자체가 없기에 월급으로 적금 들라고 그 정도 금액을 주는 것뿐이지, 극도의 훈련과 위험에 대한 보상은 전무한 것이 현실이다.

국가에 있어서 군인이란 언제든 갈아 넣을 수 있는 재료인 셈이다.

"생각보다 북파 공작원들 중에 전향자는 많아."

"그렇지만 한선구가 전향자라는 증거가 없지 않습니까?"

"확실하지. 그놈이 우리 동지를 쐈으니까."

"쐈다고요?"

노형진은 어리둥절한 표정이 되었다.

동지를 쐈다니? 왜 그가 다른 사람을 죽인단 말인가?

그 순간 노형진의 머릿속에 그의 나이와 함께 한 가지 가능성이 떠올랐다.

"설마……?"

북파 공작원은 보통 세 명이 움직인다.

그들은 서로에게 자신의 목숨을 맡기고 북한으로 파고들어서 목숨을 건 작전을 펼친다.

"그놈 때문에 북한에 잡혔지."

그들은 북파 공작원의 마지막 세대였다.

그들은 고정간첩에게 자금을 전달하는 임무를 가지고 북한으로 갔다고 한다.

"그 멍청한 새끼가 여자만 안 건드렸어도……."

그런 작전을 하는 중에 제일 멍청한 짓이 바로 여자를 건드리는 거다. 그런데 그놈은 주변 정찰을 하던 도중에 산나물을 따러 온 북한의 처녀를 발견했다.

정상적인 경우라면 당연히 모른 척 몸을 숨겨야 하는데, 한선구는 그러지 않았다.

눈이 돌아가서 그녀를 강간하고 죽였던 것.

자기 딴에는 죽이면 모든 게 덮일 거라 생각했던 것이다.

"하지만 그렇지 못했지."

그 여자가 북한 노동당 당원의 딸이었고 그 지역 유력 당원의 며느리가 될 사람이었던 것이 문제였다. 그녀가 사라지자 군이 동원되었고 군은 산에서 그녀의 시신을 발견했다.

"그놈은 강간을 하고도 우리에게 알리지 않았어."

남자는 이를 빠드득 갈았다.

한선구는 그렇게 사람을 죽인 후에 누구에게도 알리지 않았다.

결국 조용히 자금만 전달하면 되는 작전이 본의 아니게 북한군의 관심을 끌었고, 오랜 도주 끝에 그 세 명은 모두 북한군에게 체포당했던 것.

이것이 남이다

"그런데 그 개새끼가 변절했어."

포위당하고 마지막 순간이 오자 그들은 자살하기로 결심했다. 어차피 잡혀 봐야 남은 건 고문뿐이니까.

그래서 마지막 수류탄으로 함께 폭사하려 했으나, 한선구가 갑자기 방해를 했다.

쉽게 말해서 한선구는 죽기 싫었던 것이다.

"그놈이 자살을 방해하는 바람에 우리도 죽지 못했지."

북한군에게 사로잡혀서 모진 고문을 당했다. 당연히 그는 다른 동료들도 자신처럼 고문당할 거라 생각했다.

그러나 다시 나타난 한선구는 상처 하나 없었다.

"나와 내 동료를 끌고 가더니 한선구에게 권총을 주더군. 당에 대한 충성심을 증명하라며."

"설마……."

"그놈이 쐈네, 자기 동료를."

동료는 그 자리에서 즉사했고, 한선구는 북한군 장교의 치하를 받으면서 그 자리를 떠났다.

그 순간 남자도 죽음을 각오했지만 어떤 이유에선지 그는 살해당하지 않고 아오지 탄광으로 끌려갔다.

"그곳에서 지금까지 잡혀 있었지."

"……."

북한의 정치범 수용소 아오지.

수많은 정치범 수용소들 중에서도 제일 유명한 곳.

들어가면 살아서 나오는 숫자가 반의반도 안 된다는 지옥.

"그곳에서 탈출만을 꿈꿨네, 오로지 살아남기 위해서."

그리고 기회가 왔을 때 탈출했다.

북한을 탈출하고 중국을 거쳐서 다시 한국으로 왔다.

"그런데 그 변절자 새끼가 방송에 나오더군. 국회의원이라는 신분으로 말이야. 웃기지 않나? 자기가 살자고 동료를 죽인 변절자 새끼가 국회의원이라니? 대한민국을 대표하는 정치인이라니?"

"그런……."

노형진은 뭐라 말을 할 수가 없었다.

그의 말이 맞는다면 이만저만 큰 문제가 아니다.

"복수를 하려고 했지. 하지만 나는 이제 능력이 없어. 나는 이제 요원도 뭣도 아니니까."

그가 할 수 있는 것은 오로지 단 하나, 보고하는 것뿐이었다.

최소한 북한 간첩이라고 신고가 들어간다면 그놈이 몰락하는 것을 볼 수 있을 거라 생각했다.

그런데 상황은 그의 생각과 좀 달랐다.

보고했는데 그를 찾아온 것은 세 명의 암살자들이었다.

"한선구를 잡아야 하는데, 나로서는 방법이 없어."

"으음……."

하지만 노형진은 힘도 실력도 있다. 누구와도 관련이 없고 중립적이며 또 능력이 된다.

"아니, 그게 말이나 됩니까? 정부는 그렇다고 치고, 언론도 있지 않습니까?"

"언론? 내가 누군지 아나?"

오광훈이 발끈하자 남자가 코웃음을 치며 말했다.

"모릅니다만."

"그러면 나를 아는 사람은 누구인지 아나?"

"그건……."

"아니, 내가 작전을 했던 기록이 존재하긴 하나?"

이 모든 것이 기밀이었다. 그 당시 북으로 갔던 모든 사람들의 신분은 말소되고 소멸되었다.

공식적으로 정부는 북파 공작원을 인정하지 않았다.

"하지만 이제는 인정하지 않습니까?"

"그렇지. 하지만 그건 멀쩡하게 자기편을 들어 주는 놈들이고."

그는 북한에서 넘어온 지 얼마 안 되는 사람이다. 거기에다가 현직 5선 국회의원의 치명적인 문제점을 알고 있다.

"신분도 없는 사람을 미친놈으로 만드는 게 훨씬 편하지."

정상적인 상황이었다면 그는 국가에서 소정의 보상금을 받고, 풍족하지는 않지만 그래도 노후 생계는 유지할 수 있었을 것이다.

하지만 보고해서는 안 될 사실을 보고했고, 현 정권은 그 정치적 부담을 감당할 수 없었다.

"그래서 암살당할 뻔한 거군요."

5선 의원과 그 일파를 간첩 행위로 조사한다는 것은 사실상 현 정권과 자유신민당을 부정하는 행태라고 봐야 한다.

그는 대통령의 최측근이니까.

그러니 그에 대해 조사할 리 없다. 아마 최선의 선택이 천천히 정권의 핵심에서 물러나게 하는 정도였을 것이다.

"그런데 왜 저희를 부르신 겁니까?"

"자네들을 뉴스에서 많이 봤거든."

그래서 그는 노형진과 오광훈을 최후의 방법으로 선택한 것이다.

그나마 중립적이라고 생각되는 자들.

그리고 사건을 수사할 수 있는 능력이 있어 보이는 자들.

그들에게 사건을 맡기는 것이 그가 할 수 있는 마지막 선택이었다.

"하지만 내가 맡기려고 한다고 해도 자네들에게 접촉할 방법이 없더군. 자네들에게 다가가려고 하는 순간 대가리에 쇳덩어리가 박히겠지."

그래서 그는 작전을 바꿨다. 자신이 다가가지 못한다면 불러오기로. 그게 바로 이 인질극이었다.

"그러면 어쩌실 생각입니까? 이제 저희가 수사를 시작하면 자수하실 겁니까?"

"전혀. 애초에 살아 나갈 생각이 없다니까. 얼마 남지도 않았고."

그는 마치 옆집에 마실 가듯이 편하게 자신의 죽음을 이야
기했다.

"얼마 남지 않았다니요?"

"죽어라 아오지에서 탈출했는데 죽을 팔자더군."

아오지에서 고생한 그의 몸은 한계가 왔고 그의 목숨은 이
제 얼마 남지 않았다.

"길어야 1년이라고 하더군."

"어떻게 아신 겁니까? 한국에서는 병원도 못 가셨을 텐데."

"중국을 거쳐서 왔으니까. 중국에서는 신분 확인도 안 하
고 진찰해 주는 의사가 많거든."

그건 사실이다. 중국은 오랫동안 1가구 1자녀 정책을 고수
해 왔고 그걸 어기면 일반인은 감당하기 힘들 정도의 벌금을
매겨 왔다.

그 때문에 아이가 태어나도 출생신고를 하지 않고 키우는
경우가 많아서, 1가구 1자녀 정책이 사라진 지금도 신분증이
없어도 진찰해 주는 의사들이 적지 않다.

"드러나지 않은 영웅으로 살았으니 죽을 때는 드러난 영웅
으로 죽고 싶어."

그러면서 미리 정리한 종이를 내미는 남자.

"한선구 그놈을 잡아 주게. 그놈은 동료를 죽이고 나를 이
렇게 만든 놈이야. 많은 동지들이 북한에서 나라를 위해 죽

었네. 그런데 그런 놈이 동료의 이름을 팔아서 권력을 잡고 있어? 그건 두고 볼 수 없네. 그놈을 잡아 주게. 그렇게 해 준다면 나는 언제든 이 인질극을 멈추겠네."

어차피 1년도 채 남지 않은 삶이다.

미련은 없다.

인생의 대부분은 아오지에서 보냈다.

"다만 그 복수는 하고 죽어야겠어. 그래야 동료에게 당당하게 내가 왔다고 말할 수 있을 테니까."

노형진은 턱을 문지르면서 생각에 빠졌다.

'이건 심각한 문제야. 이 남자의 말이 사실이라면 대한민국의 주요 정보 대부분이 북한으로 넘어가고 있을 수도 있다는 소리야.'

그렇다고 해서 무조건 한선구를 조사하자니, 증거도 없고 상대방의 반격이 만만찮을 것이다.

'국정원에서 날 죽이려고 덤비겠지.'

한번 겪어 봤기에 누구보다 그건 확실하게 알고 있다.

더군다나 남자는 이미 한번 싸웠고 말이다.

'이건 좀 복잡하게 설계해야겠어. 마냥 쉽게 폭로하면 도리어 내가 당해.'

폭로야 할 수 있다. 하지만 증거가 없다.

증거가 없는 폭로는 자살이나 마찬가지다.

노형진이나 오광훈은 국회의원들처럼 불체포특권도 없다.

'안 봐도 뻔하지.'

당장 명예훼손 및 허위 사실 유포로 고소가 들어갈 테고, 그에게는 무조건 실형이 나올 것이며, 그걸 핑계로 그의 변호사 자격을 박탈하려고 할 것이다.

현 정부는 안 그래도 노형진에게 원한을 품을 일이 많으니까.

"그냥 폭로는 못 합니다. 이건 상당한 준비를 해야 합니다."

노형진은 눈을 찌푸리면서 말했다.

"어…… 내가 조사하는 것도 힘든가?"

상황을 이해하지 못한 오광훈은 고개를 갸웃했다.

"턱도 없다. 암살자 찾아오는 거 싸워서 이길 수 있는 거 아니라면 그냥 있어."

"끄응……."

오광훈은 신음을 냈다. 그가 아무리 조폭 출신이라고 하지만 국정원 암살자들과 싸워서 이길 가능성은 낮으니까.

남자는 조심스레 질문을 던졌다.

"방법이 없는 건가?"

"아니요. 방법은 있습니다. 이미 저희에 대해 찾아보셨으니 아실 텐데요?"

새론. 어떻게 해서든 방법을 찾아내는 법무 법인.

"없는 건 아니지만 아주 복잡해질 겁니다."

"내가 아오지에서 배운 게 뭔지 아나?"

"그건 잘 모릅니다만."

"간단해. 결국 아무리 복잡해도 목숨보다는 질기지 않다는 거지."

목숨을 불태우는 듯한 광채를 뿜어내는 남자의 눈.

"한선구를 잡아 주게. 필요하면 내 목숨이라도 걸겠네."

노형진은 고개를 끄덕거렸다.

"그러면 지금부터 제 말에 따라 주셔야 합니다."

"공식적으로 인질범의 요구는 지난 10년간의 국방부 모든 예산의 감사, 국방부 비리자에 대한 국가보안법으로의 처벌, 군 내부 의문사에 대한 전면 재수사와 군 사망자에 대한 현실적인 보상 등입니다."

노형진이 나오자마자 기자들은 득달같이 달려들었고, 노형진은 바로 기자회견에 들어갔다.

"그게 무슨 말입니까?"

"그는 국가를 지키는 국방부의 비리에 대항하여 이번 사건을 저질렀으며, 이 조건이 받아들여지지 않는 경우 절대 투항하지 않겠다고 했습니다."

뒤에 서 있던 국방부 관계자들은 당혹감을 감추지 못했다.

'그러겠지.'

그가 요구한 사항들은 사실 무리한 것이 아니다.

엄밀하게 말하면, 정상적이었다면 다 했어야 하는 일들이다.

하지만 국방부는 지금까지 국가 기밀이라는 이름으로 모든 감사를 막고 있었다.

그런데 인질극이 벌어졌다.

인질극 자체는 나쁜 일이지만, 그가 요구한 것이 사회적 요구와 맞아떨어지는 데다가 하필이면 그 인질극의 대상이 국방부 장관의 가족이었다.

만일 일반인이거나 하급 장교의 가족이었다면 가뿐하게 씹어 버리면 그만인데 국방부 장관의 가족이다 보니 씹을 수도 없는 상황이었다.

국방부 장관도 돌아 버릴 상황인 게, 여기서 이걸 용납하면 자신뿐만 아니라 군 조직 자체가 붕괴될 테고, 용납하지 않으면 가족을 죽게 하더라도 비밀을 지켜야 할 정도로 비리가 엄청난 수준이 되어 버린다.

"그런데 왜 노형진 변호사와 오광훈 검사를 협상 대상으로 선정한 겁니까?"

"저는, 아니 정확하게는 저희 새론은 과거에 군 비리 문제에 있어서 비리 당사자들을 조사하여 국가보안법 위반으로 고발한 적이 있습니다. 그 때문에 자신의 의견 전달 및 조사에 적당하다고 판단하였다고 합니다. 오광훈 검사의 경우는, 철저하게 중립적인 위치에서 판단할 검사가 필요했는데 방송에 나온 그의 모습이 믿을 만하다고 판단했다고 합니다."

"그러면 왜 그 조건을 경찰에 알리지 않았다고 합니까?"

"아시다시피 경찰은 군부에 힘이 없을 뿐만 아니라 정부에서는 수십 년간, 아니 대한민국 개국 이래로 군부의 비리를 철저하게 감추는 방향을 유지해 왔습니다. 그 때문에 경찰에 요구한다고 해도 이 사실이 알려지지 않을 뿐만 아니라 도리어 자신을 정신이상자로 몰고 사건을 무마할 거라 생각했다고 합니다."

노형진은 차분하게 말을 꺼냈다.

이 발표가 나가면 아마 나라가 발칵 뒤집어질 게 뻔했다.

"그러면 진짜로, 요구하는 게 국방의 정식 감사뿐입니까?"

"감사뿐만 아니라 제대로 된 처벌도 포함입니다."

기자들은 웅성거렸다.

보통 이런 인질극은 들어줄 수 없는 요구를 하는 경우가 많다. 범죄자를 풀어 달라거나, 자신을 돈과 함께 해외로 도피시켜 달라거나 하는 식의 요구 조건 말이다.

'하지만 사회적인, 그것도 사회적으로 합의될 수밖에 없는 요구 조건은 생각도 못 했겠지.'

그렇다 보니 기자들도 경찰들도 당황할 수밖에 없는 상황.

"혹시나 해서 말인데, 강제 돌입은 자제하여 주시기 바랍니다. 저 안은 수십 개의 수류탄과 다이너마이트로 무장되어 있습니다. 만일 제압 중에 그것들이 터지면 건물이 통째로 날아갈 수도 있습니다."

"통째로 말입니까?"

"주요 기둥을 모조리 날려 버릴 테니까요."

만일 주요 기둥을 모조리 날려 버리면 위층은 당연히 주저 앉기 시작할 텐데, 그 갑작스러운 충격에 아래층이 버틸 수 있을지는 알 수가 없다. 설사 버틴다고 해도 그 충격이 제대 로 해소된 건지 알 수는 없을 테고.

'건물 똥값 되겠구만.'

거기서 떵떵거리면서 살던 사람들에게는 슬픈 일이겠지만 말이다.

물론 수류탄 몇 개로 그 정도의 파괴력이 나올 수는 없다.

수류탄이라는 게 애초에 사람을 죽이기 위한 물건이지 뭔 가를 폭파시키기 위한 물건이 아니다. 당연히 터진다고 해도 파편이 퍼지지 건물을 날려 버리지는 못한다.

하지만 다이너마이트를 언급함으로써 그들의 강제 돌입을 막았다. 비록 의뢰 아닌 의뢰를 받았다지만 그가 헛되이 죽 는 걸 바라지는 않았기 때문이다.

'이제 저 건물에 사는 사람들이 게거품을 물겠지.'

인질극이 난 것도 건물이 똥값이 되는 일인데, 만일 여기서 건물까지 무너지거나 하면 한 푼도 못 받고 나오는 셈인지라 이 건물에 사는 사람들은 당연히 강제 돌입을 반대할 것이다.

그런데 이 건물은 평당 몇억씩 하는 곳이니 그들은 당연히 힘 있고 권력 있는 사람들일 수밖에 없다.

그러니 당분간은 그는 안전할 것이다. 그리고 그가 살아 있는 시간이 길어질수록 노형진이 더 안전하게 움직일 수가 있다.

"현재로써는 그의 요구는 이 정도입니다. 이 문제에 대해 저희는 더 이상 할 수 있는 게 없을 듯하군요."

노형진은 그렇게 말하다가 힐끔 한쪽을 보았다.

"저기에 계신 국방부 장관님께서 판단하실 문제인 것 같네요."

사실 국방부 장관이 여기서 '하겠습니다.'라는 한마디만 하면 모든 것은 끝난다.

그는 장관으로서 조사를 명령할 수도 있고 기소를 명령할 수도 있다. 그러니 그의 말 한마디면 된다.

노형진이 그를 발견하고 언급하자 모두의 시선이 그에게로 향했다.

"장관님, 이번 사건에 대해 어떻게 생각하십니까?"

"진짜로 조사하실 건가요?"

장관은 당황해서 주춤주춤 물러났고, 기자들은 모조리 그쪽으로 쏠렸다.

"장관님! 한마디만 해 주십시오!"

"장관님!"

"아니, 그게……."

도망가는 장관. 그리고 그를 쫓는 기자들.

노형진은 그걸 보고 피식 웃고는 천천히 움직였다.

"자, 그러면 나도 움직여 볼까?"

역대급 간첩 사건은 이제 시작이었다.

이것이 법이다

"간첩이라고? 그것도 다른 사람도 아니고 한선구가?"

"네. 그의 말에 따르면 북으로 넘어갔다가 포섭되었다고 하더군요."

"심각하군. 어떻게 그럴 수가 있지?"

송정한은 심각한 얼굴로 말했다.

그는 한 나라의 정치인으로서 이 문제에 대해 심각한 고민을 할 수밖에 없었다.

"지금 한선구가 나이가 어떻게 되지요?"

"60대 후반이지."

"그러면 그가 군 생활을 할 때가 대략 45년 전쯤 되겠군요."

"그렇겠지."

그러면 대략 1970년쯤 될 것이다.

"그때는 군사정권 시절이었지요."

상부에 있어 군인이란 얼마든지 갈아 넣을 수 있는 도구에 지나지 않았고 언제든 버릴 수 있는 장기짝 이하의 존재였다.

"대표적인 게 헌법상 이중 배상 금지 조항이지요."

"그렇지."

헌법상 이중 배상 금지 조항이란, 공무를 수행하는 경우 정부에서 준 돈을 제외하고는 어떠한 청구도 인정하지 않는 규정을 말한다.

원래 일반법이었던 조항을 무효화하자 군 정권에서는 쿠데타를 통해 아예 헌법으로 못 박아 버렸다.

이게 문제가 되는 게 뭐냐면, 그 최초의 배상금을 결정하는 것은 국가라는 것이다.

가령 해외파병을 갔다가 죽으면?

국방부는 유가족에게 자기들 마음대로 돈을 주면 된다.

실제로 법에서 배상하는 금액은 터무니없이 적다.

그런데 그걸 받든 안 받든, 피해자는 그 이상은 청구할 수도 없고 법원도 인정할 수가 없다.

헌법상 한번 배상금이 결정된 이상 그 결정을 바꿀 방법이 전무하기 때문이다.

실제로 연평해전이라 불리는 북한과의 충돌 당시 사망한 장병들에게 준 배상금은 고작 3천만 원이었다.

이것이 법이다

그마저도 제대로 법에 따라 준 게 아니라 모금까지 해 가면서 편법을 써서 준 거다.

"70년대라고 하면 말이지요, 진짜 병사를 사람으로 보지 않던 시절이지요. 심지어 군견만도 못하게 봤으니까."

농담이 아니라 70년대에 군대에 들어가는 건 진짜 죽으러 가는 수준이라 제발 몸 성히 살아만 돌아와 달라고 빌던 시절이었다.

"그리고 70년대는 북한과 한국의 경제력 차이가 역전된 지 얼마 안 되던 시절이었고요."

원래 북한은 상당히 잘살던 나라다.

구 일본 제국은 중국과 싸우기 위해 수많은 공장을 북한에 설치했고 남한은 농산물 등의 수탈용으로 개발했다.

독립이 이루어진 후 당연히 산업력에서 발전한 건 북한이었고 남한은 진짜 논과 밭뿐인 수준이었다.

그게 6.25를 거치고 60년대까지만 해도 북한이 좀 더 앞서 나갔지만 70년대에 들어서는 역전되었고, 80년대부터 극단적으로 차이가 나기 시작했다.

사람들 생각처럼 북한은 독립할 때부터 찢어지게 가난했던 게 아니라 공산주의라는 특성과 지도부의 멍청함 덕분에 몰락한 것이다.

"그런데 70년대 군대의 장군들이라는 놈들은 여전히 일제 시대 마인드를 가지고 있었으니."

실제로 70년대 장군 중에는 구 일본군 출신도 많았다.

그리고 그들은 한국의 장병들을 무슨 노예 취급했다.

그렇게 북한으로 보낸 사람들에게 제대로 된 보상을 해 주기는커녕 살아 돌아와도 땡전 한 푼 안 주고 쫓아내는 게 보통이었다.

"왜 그랬는지는 아시지요?"

"알지."

그들에게 줄 돈이 없어서?

아니다. 법적으로는 그들에게 줄 돈이 있고 그들에게 보상이 있었다.

하지만 썩어 빠진 장군들에게 그건 쌈짓돈이었다.

당장 이들의 신분은 누구도 인정하지 않는다.

쉽게 말해서 그들을 위한 예산은 있지만 그들은 공식적으로 존재하지 않는 황당한 상황이 되어 버린 것이다.

장군들은 그 돈을 빼돌렸고, 정작 북파 공작원들은 그 존재 자체도 부정당했다.

심지어 국가의 명령으로 북에 갔다 왔다는 그 이유 하나만으로 평생 국가의 감시 대상이 되었다.

국가 스스로도 켕기는 게 있으니 그들을 그냥 둘 자신이 없었던 것이다.

오죽하면 그가 사는 지역에서 살인 사건이 벌어지면 가장 먼저 찾아가는 곳이 북파 공작원의 집이었다.

그 당시만 해도 '북파 공작원=살인귀'라는 생각이 강했으니까.

"그런 상황이니 어떻게 보면 변절했을지도 모르지요."

지금이야 돈이 없어서 간첩질을 못 할 정도로 북한이라는 나라가 몰락했지만 그 당시만 해도 그 정도는 아니었고, 국가를 위해 죽거나 위험을 무릅쓰고 돌아가 봐야 빨갱이 소리만 평생 듣게 되니 많은 요원들이 실제로 변절한 것이다.

그 당시에 변절하면 북한은 한국보다 공작금을 훨씬 넉넉하게 줬으니까.

"그게 악순환이었고요."

공작원의 변절-북파 공작원에 대한 간첩 취급-분노한 북파 공작원의 변절-다시 간첩 취급의 악순환.

"그런데 그런 간첩이 공무원도 아니고 국회의원이 되었습니다. 북한에서 그냥 두겠습니까?"

당연히 그를 밀어주고 높은 곳으로 끌어올려 주기 위해 사력을 다했을 것이다.

그가 높은 곳으로 올라갈수록 북한이 얻게 되는 혜택은 더더욱 많아진다.

"만일 대통령이라도 되는 날에는……."

대한민국을 통째로 북한에다가 가져다주는 셈이다.

물론 진짜 북한에 의한 적화통일이 이루어지지는 않을 테지만, 최소한 국가 기밀은 모조리 그들에게 넘어간다고 봐도 무방하다.

"더군다나 국회의원은 선출직이지요."

지명직이나 고위급 공무원들은 선발하기 전에 철저하게 신분에 대한 확인을 한다.

실제로 한국 정부도 북한의 간첩 문제를 은연중에 알고 있으니까.

당장 사관학교만 해도 조상 중에 월북한 사람이 있으면 절대로 못 들어간다.

"하지만 선출직은 그런 게 문제가 안 되니까요."

어떻게 보면 가장 안전하게 고위직이 될 수 있는 게 선출직이다.

"하지만 무려 5선일세. 5선 국회의원이 간첩이라니! 그것도 현직 대통령의 오른팔 아닌가? 허, 참!"

거기에다 한선구는 입만 열면 빨갱이에 좌빨 타령으로 유명한 사람이다. 무엇보다 북파 공작원 출신이라는 점 때문에 극우로 분류된다.

"원래 쥐뿔도 없는 개들이 시끄럽게 짖는 법입니다."

그가 그렇게 외칠 수 있는 이유.

그건 그렇게 외친다고 해도 전혀 문제 될 게 없기 때문이다.

"그런데 원래 72년 이후에 북으로 보낸 적이 없다고 하지 않았나?"

"그건 어디까지나 공식적으로 그런 것 아닙니까?"

"하긴, 공식적으로 그런 거지."

세상에서 가장 믿을 수 없는 말이 공식적으로라는 말이다.

"거기에다가 한국 정부의 행동을 보면, 없을 수가 없지요."

실제로 86년에 정부의 감언이설에 속아서 북파 공작원으로 지원한 사람이 있었는데, 무려 4년간을 공작원으로 일해야 했다.

그는 해외 근무자로 속아서 지원했으나 현실은 북파 공작원이었고, 거기서 '선생'과 '형'에게 두들겨 맞으며 훈련을 받았다고 증언했다.

교관과 기간병을 그렇게 부른 이유는, 북파 공작원은 공식적으로 군인이 아니기 때문이다.

그래서 교관을 선생으로, 기간병을 형으로 불렀다고 한다.

6.25 당시의 휴전 내용에 따라 공식적으로는 민간인이어야 했기 때문에 군대용어를 쓰지 못하게 한 것.

무려 4년 만에 돌아왔을 때 그는 실종 처리가 되어 있었고, 아버지는 그를 찾다가 돌아가셨으며, 그는 예비군 훈련 불참이라는 이유로 전과자가 되어 있었다.

철저하게 그의 인생을 망가트린 국방부와 정부는 어떤 보상도 없었다.

그가 존재한 적이 없으니까.

"그런 상황이라면 누구든 흔들릴 수밖에 없지요."

더군다나 목숨이 달려 있는 상황이라면 더더욱 그럴 것이다.

"상황이 바뀌었다고 해도 간첩 기록이 사라지는 것은 아니니까."

아니, 도리어 이제 가진 게 많아졌으니 그걸 지키기 위해서라도 그는 북한에 충성을 해야 한다.

그래야 자신이 현재 누리고 있는 모든 권력을 지킬 수 있을 테니까.

"어이가 없군."

듣고 있던 송정한은 혀를 끌끌 찼다. 정치인인 그에게 이건 더욱 심각한 문제다.

"이걸 공개하는 건 가능하겠습니까?"

그에게 김성식이 조심스럽게 물었다.

하지만 송정한은 김성식의 말에 고개를 흔들었다.

"아니, 무리일 걸세. 증거가 없지 않나? 이건 단순한 빨갱이 타령과는 좀 다른 문제야."

빨갱이라는 것은 북한에 동조하는 자, 또는 북한의 정치적인 신념을 따르는 자를 뜻한다.

"신념이라는 것은 다르게 해석할 수도 있지."

그러니까 빨갱이라는 주장을 할 수도 있다.

하지만 간첩은 다르다.

빨갱이는 현행법상 모욕죄가 될 수 있겠지만, 간첩은 실제로 북한의 지령을 받는 배신자다.

다른 사람도 아니고 정치인을 간첩이라고 주장하는 것은

어지간한 증거가 없으면 할 수 없는 일이다.

실제로 빨갱이 프레임을 가장 많이 써먹는 자유신민당이라지만 정작 그들도 상대방이 간첩이라는 주장은 하지 않는다.

만일 사실이 아니라는 게 밝혀지면 그 역풍이 어마어마하기 때문이다.

하물며 민간인을 간첩으로 만들려고 시도했다가 실패해도 그 타격이 큰데, 정치인을 간첩이라고 주장했다가 뒤집어지기라도 한다면 심각한 문제가 될 수밖에 없다.

"그가 간첩이라는 확실한 증거가 없으면 관련된 발언 자체가 위험해."

"그렇다고 해서 관련 증거를 가지고 올 수 있는 것도 아니지 않습니까?"

그 사실을 알고 있던 남자는 평생을 아오지에서 살았다.

그곳에서 한선구가 간첩이라는 증거를 만들거나 보관할 수 있었을 리가 없다.

결국 유일한 증거는 그의 증언뿐이었다.

"그렇다고 한선구의 정치자금이 어디서 왔는지 증명할 수도 없고."

물론 최근이라면 어떻게 될지도 모른다.

하지만 그가 1선 의원이 된 것은 벌써 수십 년 전이다.

"그때의 정치자금이 어디서 왔는지 어떻게 알겠습니까?"

지금처럼 깐깐하게 감시할 수 있는 수준도 아니었고, 정치자금을 기업들이 아예 트럭으로 가져다주던 시기였다.

"그러면 북한에서 지령을 받았다는 것을 증명해야 하는데, 요즘 북한의 지령이 어떻게 들어오는지 알 수가 없단 말이지."

옛날에야 초단파 라디오니 뭐니 하는 것으로 지령을 받았지만 지금이 무슨 6.25 동란 시절도 아니고 그걸로 통신하는 놈은 없다.

현실적으로 북한에서 다른 곳에 있는 사람을 통해 지령을 내리고 그가 핸드폰으로 연락한다는 단순한 방법만으로도 변수와 수사의 방향이 무한대로 넓어지며 당연히 지령을 알아낸다는 것은 불가능에 가깝다.

"애초에 한선구가 진짜 간첩인지 확신할 수도 없지 않습니까? 인질극을 벌이고 있는 그 남자의 망상일 수도 있고요."

확실히 그 남자에 대한 정보는 전혀 없다.

자기 말로는 북한에 끌려가서 아오지에 갇혀 있다가 왔다지만, 그걸 입증할 수 있는 건 없다.

"하지만 반대로 생각하면, 그가 하는 말이 그의 존재를 더 확실하게 한다고 볼 수도 있습니다."

"어째서 말인가?"

"그는 자기 이름과 주민번호를 정확하게 기억하고 있었습니다. 상식적으로 주민등록번호가 있다면 뭐든 나와야 합니다. 하다못해 실종되기 전까지의 일이나 졸업한 학교라도요.

그런데 없습니다."

"으음……."

"그런데 또 유일하게 구한 증거에는 그가 존재하거든요."

전산상에는 그라는 사람이 아예 존재하지 않는다.

하지만 노형진이 힘들게 구한 그의 졸업 앨범에는 분명 그의 사진이 올라가 있었다.

"그 말은, 현실적으로는 존재하지만 전산상에서는 증발했다는 거지요."

그렇기 때문에 노형진은 그를 믿었다.

한국의 시스템에서 누군가를 증발시키는 건 절대 쉬운 게 아니니까.

"더군다나 그의 전투 실력이나 지역 봉쇄 실력을 보면 우연이라고는 볼 수 없습니다."

그는 철저하게 계획적으로 건물을 봉쇄했다.

인질을 잡는 방법 역시 치밀했다.

무조건 들어간 게 아니라 어디서 구한 건지 모를 장군복을 입고 피해자의 집에 접근했다.

그녀는 자신의 아버지가 국방부 장관이다 보니 별 의심 없이 문을 열었고 말이다.

'도대체 얼마나 장군들을 막 부려 먹었으면 의심도 하지 않고 문을 열어 주는 건지.'

어찌 되었건 그렇게 들어간 그는 커다란 캐리어를 끌고 있었는데, 거기에는 온갖 식량이 다 들어 있다.

그 양만 생각하면 그 안에서 족히 두 달은 버틸 수 있는 상황이다.

거기에다 경찰 특공대가 들어올 수 있는 모든 방향을 방어하고 위험 지점마다 인질을 배치해서 그들이 절대로 허튼 생각을 하지 못하게 해 놨다.

"일반적인 인질범들의 행동 패턴과는 전혀 다릅니다. 그는 애초에 장기전 그리고 봉쇄를 목적으로 들어갔습니다. 그리고 그에 필요한 모든 준비를 끝낸 상황이고요."

"그러니까 그런 훈련을 충분히 받은 사람이다?"

"그렇습니다. 그런데 방위로 제대한 사람이 그런 훈련을 받을 수 있을까요?"

그건 불가능하다.

머리가 좋은 사람이라면 그렇게 할 수 있을지도 모르지만.

"하지만 방위로 나온 사람이 그런 무기를 구할 수 있다는 것도 말도 안 되지요."

한국에도 무장한 세력이 존재하고 노형진이 몇 번 해결했지만, 그들은 단체이고 나름 거래가 큰 건이었다.

하지만 이건 개인이다.

개인이 그 정도 무장을 한 순간부터 그는 일반적인 사람은 아니라는 거다.

"그러니 흔적이 말소된 사람이라고 보는 게 맞는 판단일 테고요."

그러면 그의 말이 맞을 가능성 역시 높아진다.

"흠……."

노형진의 말에 김성식은 턱을 문지르면서 깊은 생각에 빠졌다.

"혹시 자네가 확인해 줄 수 있겠나? 마이스터의 정보력은 뛰어나지 않나?"

그때 송정한이 의미심장한 눈빛으로 입을 열었다.

그리고 노형진은 그가 원하는 게 뭔지 알아차렸다.

'한선구의 기억을 읽기를 원하시는구나.'

하긴 그것만큼 확실한 방법이 없다.

물론 송정한은 노형진의 능력이 상시 발동되지는 않는 것으로 알고 있지만, 발동만 된다면 충분히 위험부담을 감수할 가치가 있다.

"하지만 그가 저를 만나 줄까요?"

"만나 줄 리 없겠지."

자유신민당에 있어서 노형진은 원수나 다름없다.

노형진이 나름 정치적 중립을 지키고 있다지만 유독 자유신민당과 충돌이 많았다.

물론 민주수호당 역시 충돌을 하기는 했지만 정치인들이 보기에 노형진은 누구 편이 아닌 모두의 적이었다.

"마이스터의 대리인으로서 만나 달라고 하는 것도 이상하고요."

일단 그들과 협상할 게 전혀 없는데 갑자기 만나 달라고 하면 의심할 수밖에 없다.

"더군다나 저는 그 남자와 접촉했습니다. 그리고 그 남자는 보고 라인을 통해 보고한 적이 있지요."

그래서 그를 죽이기 위해 암살자까지 왔다.

"그런데 제가 아무런 관련도 없는 한선구를 만나려고 한다? 그러면 그들은 분명 의심을 할 겁니다."

"으음……."

"이건 나라가 뒤집어질 만한, 아니 뒤집어질 수밖에 없는 사건입니다. 과거 북풍 사건 이상으로 자유신민당에 치명타가 될 겁니다."

"하긴 그렇지."

"최악의 경우 홍안수 대통령과 자유신민당이 완전히 몰락할 수도 있는 일이고요."

북풍 사건은 과거에 선거에서 이기기 위해, 당시의 집권당에서 북한에 돈을 주고 한국에 총을 쏴 달라고 부탁한 사건이다.

그들의 목적은 오로지 정권 획득이었고 그들에게 가장 도움이 되는 것은 소위 말하는 북풍이었다.

쉽게 말해서 선거철이 되면 일본에서 한국을 때리는 것처럼, 그들도 선거철에 북한의 도발을 일으켜서 보수 세력을

이것이 삶이다

결집시키고 권력을 잡으려고 했다.

그러나 북한은 그들에게 놀아나는 대신에 그 사실을 공개해 버렸고, 그 사건으로 그 당시 집권당은 선거에서 패배하고 만다.

"만일 이 사실이 진짜라면 그때와는 비교도 못 할 정도의 사태가 벌어질 겁니다. 당연히 현 정부와 자유신민당 그리고 한선구는 철저하게 주의하고 있을 테고요. 그 상황에서 그들에게 제가 접촉하는 것은 절대로 좋은 선택이 아닙니다."

"하긴 그건 그렇군."

확실하게 알아챌 수도 있지만, 반대로 그들이 확실하게 이쪽을 의심하게 될 수도 있다.

아무리 새론이 강하다고 해도 국가 단위에서 말려 죽이려고 들면 버티는 데에도 한계가 있다.

더군다나 비상 상황인 만큼 그들이 암살도 불사할 경우, 아무리 경호 팀을 운영한다지만 모든 변호사들을 지킬 수는 없다.

"그러니 우연이라면 몰라도 우리가 고의적으로 접근하는 건 위험하다고 생각됩니다. 그건 우리가 뭔가를 알고 있다고 고해바치는 꼴밖에 안 됩니다."

"끄응……."

송정한은 노형진의 말에 작게 신음을 냈다.

가장 확실한 방법이 틀어막혔기 때문이다.

"이거 참, 간첩이 없다고 말할 수도 없으니."

"그러게 말입니다."

사람들은 '설마.', 또는 '시대가 어떤 시대인데.'라고 할지도 모른다.

하지만 과거 대통령의 방북 시에 있었던 일은 간첩의 존재를 확신하게 하는 일이었다.

그날 대통령은 정치적 부담 때문에 속이 좋지 않아서 아침을 거르고 반숙 계란으로 간단하게 시장기만 해결하고 방북했다.

그 당시 북한의 지도자였던 김정일은 그런 대통령에게 '큰일을 하려는 사람이 계란 하나 가지고 속이 찹니까?'라고 말했다.

당연히 대통령이 뭘 먹는지, 그건 국가 기밀이다.

심지어 대통령은 분뇨조차도 따로 처리한다. 변을 분석해서 건강 여부를 감시할까 봐 그러는 것이다.

그런데 그날 아침에 예정과 다르게 갑작스럽게 먹은 계란 한 개. 그건 북한이 절대 알 수가 없는, 아니 알아서는 안 되는 사항이었다.

그 사건으로 국정원과 청와대 경호실은 난리가 났다.

불가능한 일이 벌어졌으니까.

더군다나 며칠 전도 아니고 당일에 있었던 일이다.

즉, 대통령의 최측근 중에 간첩이 있다는 소리다.

"그런 일도 있었던 만큼 간첩이 없다는 건 정말 개소리지."

물론 소위 말하는 무장 공비는 없을지도 모른다.

하지만 고정간첩은 얼마든지 존재할 가능성이 있다.

"그리고 한선구가 그중 한 명이고 말이지."

송정한은 심각한 얼굴로 말했다.

"그러면 어디서부터 추적해야 할지 모르겠군. 한선구가 바보가 아닌 이상에야, 간첩이라는 것을 알게 할 만한 모든 정보를 철저하게 감출 걸세."

"정치자금은 힘들겠지요?"

"힘들지."

물론 비공식적으로 정치자금을 주려면 줄 수는 있다.

하지만 지금 북한은 최악의 경제난을 겪고 있다.

실제로 한국에 있는 고정간첩들에게 간첩 활동비를 주던 과거와 다르게, 반대로 돈을 벌어서 북한으로 보내라고 할 정도로 말이다.

"그런 놈들이 정치자금을 수억씩 줄 수 있을 리 없지. 그러니 그걸로 추적하는 건 힘들 거야."

"그러면 접촉하는 사람들은요?"

"그것도 힘들지."

한선구는 무려 5선 의원이다.

당연히 당의 중진이며, 현재 가장 강력한 대통령 후보 중 한 명이다.

"아무리 조심스럽게 움직인다고 해도 스물네 시간이 공개되어 있는 것과 다를 바가 없을 걸세. 물론 여러 가지 이유로 비밀 회동을 하기야 하겠지만."

비밀 회동이라고 해서 누구를 만나는지가 비밀인 게 아니다. 그 안에서 무슨 이야기를 했는지가 비밀일 뿐.

"흠······."

노형진은 턱을 문질렀다.

그러다가 머릿속에 번쩍하는 게 있었다.

"보좌관은 어떤가요?"

"보좌관?"

"네, 보좌관. 현실적으로 보좌관은 정치인의 그림자 아닙니까? 아시지 않습니까? 보좌관은 정부에서 붙여 주는 게 아닙니다. 자기가 고르는 거지."

그리고 그들은 공무원이다.

당연히 국회의원을 보좌하면서 그 안에서 비밀을 접할 수밖에 없다.

"그런데 우리나라 정치인들의 주특기가 있지 않습니까?"

"나는 몰랐다?"

"네. 보좌관이 뭘 하는지 나는 몰랐다, 그 돈은 보좌관이 받은 돈이지 내가 받은 게 아니다, 그건 배달 사고다."

한국의 정치인들이 죄다 써먹는 방법이다.

자신은 돈을 받은 적이 없고, 고작 7급 보좌관이 수십억을 받아서 자기 마음대로 썼다는 변명.

"그렇군."

김성식은 고개를 끄덕거렸다.

"그건 딱히 한선구가 뭘 챙길 필요도 없지."

기본적으로 간첩에게 중요한 것은 특정 자료에 접근할 수 있는 권한이다.

그리고 한선구가 국회의원인 이상, 그 아래에 있는 보좌관들은 그 정보에 접촉할 수 있다.

"일반적으로 보좌관은 세 가지로 분류되지."

김성식은 고개를 끄덕거리며 말했지.

"첫 번째는 가족."

공짜로 나오는 월급 취급하는 거다. 당연히 그들은 제대로 일하지 않는다.

"두 번째는 자기 라인."

정치에 입문시켜 파벌을 만들기 위해 키우는 자들.

당연히 여기저기 데리고 다니면서 인사시키고 성장시켜서 자신의 세력을 만드는 데 쓴다.

"세 번째는 버리는 패."

많은 보좌관들이 두 번째가 되기를 원하면서 일한다.

자신이 정치하면 세상을 바꿀 거라고 생각하면서.

하지만 현실적으로 그런 사람들은 대부분 세 번째 타입이다.

정치인들은 세상이 바뀌는 것을 원하지 않는다.

그들은 권력을 유지하기 위해 고의적으로 부패한 이들을 고르려고 한다.

그래서 대부분은 세 번째가 되어서 세월이 가는 줄도 모르고 죽어라 부려 먹히다가 어느 순간 해고당한다.

"우리가 노리는 건 두 번째가 되겠군."

첫 번째는 사실 가치가 별로 없다. 아무리 가족이라지만 '나는 북한의 간첩'이라고 고백할 수도 없다.

세 번째 타입은 어차피 버리는 패다. 의원이 믿을 만한 놈도 아니다.

"하지만 두 번째는 이야기가 좀 다르지요."

적당한 신분만 확보할 수 있다면 자신이 데리고 다니면서 키울 수 있고, 그렇게 큰 사람은 추후 정치권에 들어갈 수도 있다.

"실제로 친일파가 많이 쓰는 방식이기도 하고."

친일파 정치인들이 세력을 불리는 방식이 그거다.

자신의 아래에 있던 보좌관을 요직에 꽂아 주는 것. 아니면 지역구에 넣어서 자기 파벌을 만드는 것.

아니, 대부분의 세계에서 정치인들이 다 쓰는 방식이다.

"하긴 가짜 신분 하나만 만들면 문제 될 게 없겠군요."

국회의원의 보좌관이라는 이유 하나만으로 그들은 그들의 신분에 공신력을 가진다.

더군다나 보좌관은 최고 6급 공무원이다.

6급 공무원이 어디 가서 간첩이라고 의심받지는 않는다.

"잠깐, 그러면 말이 이상해지는데."

"네?"

송정한의 얼굴은 사정없이 찡그러지고 있었다.

그럴 수밖에 없다.

"이미 한선구는 자기 파벌이 있어."

"그거야 알지요. 그 사람, 홍안수 파벌 아닙니까?"

"아니 아니, 그게 아니야. 물론 그 사람은 홍안수 파벌이 맞기는 하지. 하지만 홍안수는 대통령 아닌가? 그리고 한국에서 대통령은 단임제지. 즉, 임기가 끝나면 홍안수는 정치적으로 큰 어른은 될지언정 정작 정치권에서 큰 역할을 맡지는 못한다는 거야."

"그 말은?"

"한선구가 대통령이 되려고 한다면 자기 파벌을 따로 만들어야 한다는 거지. 홍안수 파벌에서 지원해 주겠지만, 그렇다고 해서 영원히 아군인 건 아니니까."

거기까지 말한 송정한은 걱정스러운 듯 말했다.

"그리고 내가 알기로는 그의 파벌 중에 그 밑에서 보좌관을 하던 정치인이 있네."

"그게 무슨……?"

"주유진. 지금 3선이지. 그리고 한선구가 2선 때까지 그의 보좌관으로 활동했지."

"벌써요?"

"그래, 벌써. 그리고 그 사람…… 국방위야."

모두의 얼굴이 시커먼 색으로 변했다.

국방위.

법에서 정한 국회의 상임위원회다.

말 그대로 대한민국의 모든 국방 정보를 관리하는 곳이다.

그런데 정작 국방위는 사실 국회의원들에게 그다지 인기 있는 위원회가 아니다.

"일단 가장 큰 이유는, 국방위는 할 수 있는 게 거의 없거든."

국토개발위원회 같은 경우 인기가 좋은 이유가, 향후 수십 년간 대한민국 어디를 개발할지 다 알기 때문이다.

그러니 다들 못 들어가서 안달이다.

"하지만 국방위는 아니야. 물론 군납 비리가 있기는 하지만, 애초에 위원회의 목적은 감시이자 견제니까."

즉, 국방부의 비리에 대해 감시할 권한은 있지만 군납에 관련해서 결정권을 쥐지는 못한다는 소리다.

"더군다나 국방위는 자기 지역구에도 아무런 도움이 안 되는 것이 현실일세. 사실 군대라는 조직 자체가 민간 사회에 도움이 될 일이 얼마나 있겠느냐마는."

"그런가요?"

"그래. 그리고 결정적으로, 이 국방부 놈들이 더럽게 말을 안 들어."

뭐만 조사하려고 하면 '국가 기밀입니다.'라고 못 박아 버린다.

병사들의 침대를 바꿔 준다고 수십조를 받아 갔는데 그 돈이 어디로 갔는지는 알려 주지도 않고 그냥 돈 부족하니까 1조를 더 달란다.

그런데 이미 받아 간 돈이 장병들에게 제일 좋은 침대를 킹사이즈로 사 주고도 남을 정도라는 게 문제다.

"그리고 그 관련 자료를 달라고 하면 '기밀입니다.'라는 말로 입을 틀어막지."

"그러면 국방위에 가려고 하는 사람들은 별로 없겠네요?"

"현실적으로 말하면 대부분의 국방위원들은 초선 아니면 비례대표야. 그러지 않으면 숫자도 채우지 못할 정도로 비인기 위원회가 국방위원회일세."

"주유진은요?"

"주유진은…… 그렇군. 주유진은 스스로 국방위를 선택한 사람이야."

말로는 나라를 지킨다는 신념으로 지원했다지만…….

"하지만 주유진은 3선 의원일세. 그쯤 되면 사실 국방위에 안 가지. 물론 진짜 나라를 위해 거기에 가는 사람들도 있기는 해."

하지만 그런 사람들은 정치적으로 충분한 영향력이 있거나 군 문제와 밀접한 사회 활동을 했거나 지역구가 군인 밀집 지역이거나 한 경우다.

"하지만 주유진은 어느 쪽도 아닐세."

말로는 국방을 위해 노력한다지만, 딱히 국방과 관련된 행사나 방식에 관심을 가지지는 않는다.

지역구도 내부에 군대가 하나도 없고, 그가 원래 하던 일이 국방 관련 연구직도 아니었다.

"일단은 주유진부터 추적하는 게 우선이겠군요."

"주유진도 간첩일까?"

"변수는 많습니다. 하지만 무엇도 확신할 수는 없습니다."

주유진은 북파 공작원 출신이 아니다.

국적은 당연히 한국이고 3선 의원이나 했으니 그의 신분은 확실하다.

그 지역에서 그의 어린 시절에 대해 아는 사람이 넘쳐 나니까.

결과적으로 말하면 그가 북한에서 넘어온 간첩일 가능성은 낮다.

"하지만 한국 내에도 변절한 간첩들이 많으니까요."

"그건 그렇지만……."

송정한은 관련 정보를 뒤적거리다가 기가 막혀서 말이 안 나오는지 혀를 끌끌 찼다.

"이건 좀 황당하군."

"무슨 말씀이십니까?"

"주유진 말일세. 웃긴 일이지만 그는 싸움 개야."

"네?"

"국방부에서 감사하려고 할 때마다 하는 말이 국가 기밀 타령 아닌가? 그걸로 가장 개싸움을 하는 것도 주유진이고, 가장 가열차게 물어뜯는 것도 주유진이고, 가장 열심히 하는 것도 주유진일세."

"허어?"

"그리고 문민 통제를 가장 가열차게 주장하는 것도 주유진이야. 만일 한선구가 진짜로 대통령이 된다면 국방부 장관은 주유진이 될 거라는 말이 있을 정도로."

"어이구, 맙소사."

노형진은 얼굴을 부여잡았다.

그럴 수밖에 없는 게 지금 저들이 요구하는 것은 민주주의의 가장 기본이다. 그런데 그걸 간첩이, 아니 간첩으로 의심되고 있는 자들이 요구하고 있는 거다.

"물론 그래야 더 많은 정보를 얻을 수 있으니 그러는 것이겠지만, 이거 참 역사의 아이러니군."

문민 통제는 심각한 문제다.

군이 민간에 통제되지 않고 군 스스로에게 통제되는 순간 벌어지는 것이 쿠데타다.

그래서 민주주의의 핵심 중 하나가 바로 문민 통제다.

하지만 한국은 단 한 번도 문민 통제가 제대로 된 적이 없다.

일단 대부분의 남성들이 군대를 다녀왔다.

그게 문제다.

상당수가 병역 비리를 통해 군에 가지 않은 한국 정치인들이 군을 통제한다는 것에 대해, 대다수의 남성 국민들이 부정적으로 보는 것이다.

그리고 하나의 세력화되어 버린 군 장성들과 그 전역자들이 특정 정당을 밀어주는 조건으로 군 내부에 영향력을 발휘한다.

그 영향력이 사라지는 걸 싫어해서 문민 통제를 결사반대한다.

"엄밀하게 말하면 문민 통제를 하기 위해서는 장성은 쓰면 안 되는데요."

소대장이나 중대장, 아니 영관급 예편 인원, 그것도 상당한 시간 전에 예편한 사람이라고 하면 일단 민간인으로 분류할 수 있다.

하지만 장성급이 되면, 아무리 오래전에 나갔다고 해도 장성들끼리 만든 이익집단에 속해 있다.

"하긴 군에서도 문민 통제를 겁나게 싫어하기는 하지."

"그건 그렇지요."

어느 정도로 싫어하느냐면, 비밀리에 핵미사일 방어 시스템을 배치하고도 고의적으로 대통령에게 보고하지 않았을 정도다.

쉽게 말해서 군대는 자기들이 밀어주는 정당의 대통령이 아니라면 아예 국군통수권자 취급도 안 해 주려는 성향이 강하다.

"그래서 사실 나는 주유진이 참 바른 의원이지 싶었네."

어떻게 해서든 민주주의에 기초해서 문민 통제를 외치고 그들의 비리를 까발리고 그들의 정보를 파고든다.

"자유신민당 의원이라지만 존경스러운 사람이라고 생각했는데."

만일 그가 간첩이 맞는다면 그가 그렇게 파고든 이유는 뻔하다.

군사기밀을 빼돌리고 추후 국방부 장관이 되어서 군을 좌지우지하기 위해서라는 소리가 된다.

"황당하다 못해서 말이 안 나오네요."

"그러게 말일세. 이러면 이것대로 문제인데."

그렇잖아도 대한민국의 문민 통제는 사실상 효과가 없다.

막말로 대한민국에서 민간은 군의 쿠데타만 간신히 막고 있는 수준이다.

'농담이 아니지.'

원래 역사에서는 대통령 탄핵 시에 군은 국가 전복을 위해 계엄을 선포하고 특정 정당을 위해 친위 쿠데타를 일으켜 나라를 뒤집을 준비를 했다.

아무리 탄핵이 비상사태라지만 제대로 문민 통제가 이루어졌다면 계획은커녕 꿈조차 꾸지 말았어야 하는 일이었다.

설사 그 당시 군의 지휘관이 탄핵 상황이라고 해도 말이다.

그러나 군은 권력을 유지하기 위해 기갑사단을 동원해서 국민들을 탱크로 깔아뭉갤 생각이었다.

심지어 그 작전을 준비한 것은 쿠데타를 막기 위해 만들어진 국군기무사령부.

"그런데 만일 주유진이 진짜로 간첩이라는 것이 드러난다면 어떻게 될 것 같나?"

"아마도 문민 통제에 대한 반감이 더 커지겠군요."

"이거야 원……."

"제가 이래서 정치를 싫어합니다. 이거 답이 없어요. 많이 알수록 더 복잡하게 꼬일 겁니다."

국가를 위해 조사하자니 민주주의가 후퇴할 가능성이 커진다.

그런데 그냥 두자니, 까딱 잘못하면 민주주의 자체가 박살날 가능성도 있다.

"결국 언제나와 같은 겁니다. 차악을 골라야지요."

눈을 찡그리는 노형진.

"최소한 북한 간첩에게 대한민국 정부가 넘어가게 그냥 둘 수는 없지 않습니까?"

"그건 그렇지."

"여론은 여론일 뿐입니다. 현실적으로 문민 통제에 대한 반대가 심해질 수도 있지만 어차피 지금도 국가에서 제대로 군을 통제하지 못하는 상황입니다. 잠깐이나마 그들의 힘이 강해질 수는 있지만 쿠데타까지는 못 한다면, 일단 적에 대한 청소가 우선입니다."

노형진의 말에 김성식 역시 동의할 수밖에 없었다.

"어차피 개판이니까요. 그나마 덜 개판이 되는 쪽으로 가야지요."

"그러면 주유진을 추적하는 게 우선이겠군. 하지만 주유진을 어떻게 추적할 생각인가? 주유진도 무려 3선 의원이야. 그렇게 쉽지는 않을 걸세."

송정한은 우려 섞인 얼굴로 말했다.

한 놈만 제대로 잡으면 되지만 그 한 놈을 잡는 게 쉽지 않다.

"군을 이용하지요."

"응?"

두 사람의 눈이 동시에 꿈틀거렸다.

"아니, 그게 무슨 말인가?"

"방금 말하지 않았습니까? 군은 주유진을 상당히 불편하게 보고 있습니다. 강력한 문민 통제 주의자니까요."

"그렇지."

"우리가 적당한 소스만 준다면 그들이 주유진을 감시하지 않을 것 같습니까?"

"허…… 그렇군."

일반적으로 사찰한다고 하면 사람들은 국정원을 생각한다.

하지만 전 세계 어느 나라도 정보 집단을 하나만 운영하지는 않는다. 그건 한국도 마찬가지다.

그리고 대부분의 경우 군에서는 개별적으로 정보 집단을 운영한다.

"물론 정치인을 사찰하는 것은 상당히 위험한 일이지요. 하지만 군이 언제 그런 것에 신경 썼습니까?"

노형진은 군의 막장성을 도리어 이번 작전에 써먹을 생각이었다.

"군을 이용해서 주유진을 흔들기 시작하면 한선구 역시 흔들릴 겁니다. 만일 주유진이 잡혀 버리면 자신도 피할 수 없을 테니까요."

"아하! 그러니까 한선구가 군을 물어뜯기 시작하겠군."

"네. 그리고 한선구는 현재 자유신민당의 사무총장입니다. 군이 자유신민당에 충성을 바치고 있다는 것은 뭐, 공공연한 비밀이지 않습니까?"

그런데 여기서 문제가 된다.

만일 자유신민당이 군을 막기 시작하면 군과 사이가 틀어질 수밖에 없다.

군 입장에서는 공식적으로 간첩 문제가 심각한 문제인 데다가 비공식적으로 자신들에게 족쇄를 채우려고 하는 주유진에게 엿을 먹이려고 할 테니까.

"문제는, 막지 않으면 주유진이나 한선구 입장에서는 진짜로 자신들이 간첩이라는 게 드러날 수도 있다는 거지요."

자유신민당도 진짜 환장할 노릇이 된다.

그냥 두자니 자신들이 위험하고, 그렇다고 막자니 군과 사이가 틀어진다.

"그러니 그들 사이에서 장난치면서 흔들다 보면 뭐든 나올 겁니다."

"좋은 생각이기는 한데 무슨 수로? 그들은 아주 끈끈하네. 단순히 의심만 던져 준다고 해서 그들이 서로 싸우지는 않을 걸세."

"의심만 던져 주면 그렇겠지요. 그러니까 우리에게는 영웅이 필요합니다."

"영웅?"

"그렇습니다. 영웅이 필요합니다. 정확하게는 '죽은 영웅'이 필요하지요. 후후후."

노형진은 눈을 반짝거렸다.

죽은 영웅은 착한 영웅

노형진은 조용히 산속을 뒤지고 있었다.

아무도 오지 않는 산속.

그곳을 믿을 만한 몇몇 사람들만을 데리고 뒤지던 노형진은 누군가가 자신을 툭 치자 조심스럽게 고개를 돌렸다.

"찾았습니다."

노형진은 고개를 끄덕거리고는 그를 따라 한쪽으로 향했다.

그곳에는 땅이 상당히 깊게 파여 있었는데 그 안에 시체가 숨겨져 있었다.

"정확한 위치군요."

"네. 그런데 괜찮으시겠습니까?"

"어차피 상관없지 않습니까? 우리가 이 사람들에게 못 할 짓을 하는 것도 아니고요. 어차피 죽은 사람들 아닙니까?"

노형진은 어깨를 으쓱했다.

"더군다나 이들이 무슨 죄가 있습니까? 이들은 아무것도 모르고 있었다는 데 제가 10억 겁니다."

이 시체들은 지금 인질극 중인 남자를 죽이기 위해 동원되었던 자들이었다.

보고가 올라간 후, 그를 죽이기 위해 누군가가 파견했던 사람들.

하지만 함정에 빠져서 도리어 죽은 사람들이다.

"이들이 왜 죽었는지는 아무도 모르지요."

이들은 그저 명령대로 움직였을 뿐이고 그 명령이 잘못된 것이었을 뿐이다.

정보 조직에서 하위직이란 그런 존재들이다.

"이들이 그냥 죽었다고 하기보다는 좀 의심스러운 상황을 만들어 주면, 그때부터는 알아서 굴러갈 겁니다, 후후후."

노형진은 자신 있게 말했다.

⚖️

다행히 시신은 그다지 썩지 않았다.

그리고 예상대로 그 안에 신분을 증명할 것은 아무것도 없었다.

다행히도 지문이 있기는 했지만…….

'이걸로 검색해 봐야 아무것도 안 나오겠지.'

경찰의 지문 검색에서 이들의 신분은 지워진 상황일 것이다.

아마도 국정원 소속일 테지만 그걸 증명할 방법은 전혀 없다고 봐도 무방하다.

애초에 암살을 시작한 시점에서, 국정원에서 그들을 인정할 리 없다.

"그러니 이들을 우리 편으로 만드는 겁니다."

어차피 존재하지 않는 자들.

그들에게 새로운 신분을 주는 것이다.

일반적으로 국정원 요원의 가족들은 자신의 가족이 국정원에 다닌다는 사실을 모른다. 대부분은 일반 회사에 다닌다고 생각한다.

특히나 암살조 같은 경우는 더더욱 그렇다.

'나는 국정원에서 일하며, 암살이나 기타 불법적인 작전을 수행한다.'라고 떠들어 대는 놈은 없다.

노형진은 그 부분을 노렸다.

존재하지 않는 사람들, 그들을 신고한 것이다.

당연히 그들이 살해당한 것은 누구에게도 알려지지 않은 사실이었다.

애초에 그들이 누구인지조차도 알지 못했다.

하지만 노형진은 그중 한 명의 시신을, 으슥하지만 사람들이 찾을 수 있는 곳에 유기했다.

물론 그건 불법이다.

그러나 그런 걸 가릴 상황이 아니었기에 어쩔 수 없었다.

그리고 그 와중에 약간의 꼼수를 부렸다.

바로 그들에게 그들조차도 몰랐던 임무를 부여한 것이다.

"'조신우 씨'군요."

노형진은 심각한 표정으로 말했다.

그러자 사건을 수사하던 주세영 수사관이 심각한 얼굴이 되었다.

"아시는 분인가 보군요."

"일단 저희는 그렇게 부르고 있습니다."

"일단?"

"네. 신분을 감추셨거든요."

조신우라고 불린 남자.

그의 시신에서 나온 새론의 명함.

"어째서요?"

"그분 말로는…… 위험한 추적을 하신다고 했습니다."

"위험한 추적?"

"네. 그분 말로는 나라가 뒤집어질 일이라고 하더군요."

"그게 뭔지는 모르십니까?"

"그게……."

노형진은 심각한 얼굴로 입을 다물었다가 도리어 다른 문제를 물었다.

"다른 시신은 없었습니까?"

"네? 없었습니다만."

"그래요?"

"조신우라는 분이 뭘 추적했는지 말씀해 주셔야 합니다."

노형진은 조용히 그 시신을 바라보았다.

"안 됩니다. 변호사의 비밀 유지 조항에 어긋납니다."

"아니, 이건 살인 사건이라니까요!"

수사관은 당황한 듯 말했다.

하지만 노형진은 더욱 입을 다물었다.

"그래도 안 됩니다. 그분은 안전을 위해 어떠한 말도 하지 말라고 했습니다. 그 누구에게도요."

"그러면 다른 분들은 뭡니까?"

"그게……. 하긴 이건 딱히 비밀도 아니니까 말씀드리지요. 조신우 씨는 다른 두 분과 함께 다니셨습니다. 극도로 위험한 사건이라 조심해야 한다고 하면서요."

"두 명요?"

"네. 그래서 다른 분들은 없느냐고 물어본 겁니다."

수사관의 얼굴이 팍 일그러졌다.

그 말이 사실이면 나머지 두 명도 위험하다는 소리가 되기 때문이다.

"말해 주십시오! 나머지 두 분도 위험합니다!"

"안 됩니다!"

"아니, 당사자가 죽었잖아요!"

"그게 문제입니다. 그분들이, 본인이 죽어도 그 사실은 외부에 누설하지 말라고 했습니다."

"무슨 말도 안 되는……."

"나라가 뒤집어질지도 모르는 일이라고 했습니다."

"끄응……."

"차라리 가족들에게 물어보시는 게 나을 텐데요?"

시신이 있고 지문이 있으면 시신의 신분을 확인할 수 있다.

'일반적'으로는 말이다.

"없어요."

"가족이 없다는 말씀이신가요?"

"아니요. 가족은커녕 이 사람이 누군지도 알 수가 없습니다. 아예 흔적 자체가 없습니다. 사람이 갑자기 뿅! 하고 생긴 것처럼요."

'당연하지. 국정원에서 얼마나 공들여서 지웠겠어?'

아무리 경찰이나 정부 데이터베이스를 검사해 봐야 이들은 나오지 않는다. 존재하지 않는 사람들이니까.

"유일한 흔적이 이 명함입니다. 도대체 왜 새론을 찾아간 겁니까?"

"기밀입니다."

"이건 살인 사건입니다!"

"변호사의 비밀 유지 권한은 절대적입니다."

"아나, 미치겠네!"

수사관은 정말 미치고 팔짝 뛸 상황이었다.

"이름도 모른다, 무슨 일 하던 사람인지도 말 못 한다. 우리보고 어떻게 조사하라는 겁니까?"

"미안합니다. 저도 말하고 싶습니다만⋯⋯."

노형진은 눈을 찌푸렸다.

"그분들은 절대 기밀로 해 줄 것을 요구하셨습니다. 저희 입장에서는 세 분 다 변사체로 발견되기 전에는 아무것도 말할 수가 없습니다."

"없다고요?"

"네."

"아니, 그런 조건이 어디 있습니까?"

"저희도 모르겠습니다. 하지만 그걸 요구하셨고, 관련 증거에 대해서도 입을 다무셨습니다. 다만⋯⋯."

"다만?"

"누구도 믿지 못할 상황이라고만 하셨지요."

"도대체 무슨 일이 벌어지고 있는 겁니까?"

"저도 모르겠습니다."

철저하게 모른다는 노형진의 말에 수사관은 한숨만 푹푹 쉴 뿐이었다.

노형진은 그의 시신만 그렇게 유기한 게 아니었다.

다른 두 구 중 하나는 강에, 나머지 하나는 바다에 유기했다.

물론 약간의 양심의 가책은 있었다.

'좋게 생각하기를 바라겠습니다.'

그들은 이제 노형진 덕분에 암살자나 스파이가 아니라 국가를 구한 영웅으로 죽은 게 될 테니까.

노형진이 시신을 유기한 지 얼마 지나지 않아서 한 구씩 발견되었다.

당연히 경찰에서는 그 시신의 신분을 조사하려고 했다.

그리고 노형진을 다시 찾아온 수사관 주세영의 눈에서는 광기가 번득거렸다.

"세 명 다 죽었습니다. 이제 알아야겠습니다."

"그건……."

"지금 상황이 어떤 상황인지 아십니까? 세 사람이 죽었는데 다 존재하지도 않는 사람들이란 말입니다. 그런데 위에서는 수사하지 말랍니다! 세 명이나 죽었는데!"

노형진은 그의 광기를 보면서 속으로 미소 지었다.

'빙고.'

사실 이 계획에는 오광훈같이 '미친놈'이 필요하다.

이 세 사람의 신분은 아무도 모른다. 하지만 국정원은 안다.

'그리고 국정원이 이들의 신분을 공개할 리 없지.'

암살을 하러 갔다가 죽은 사람들.

당연히 존재를 지울 수밖에 없다.

'그리고 그들의 성향상 사건을 덮으려고 하는 건 당연할 테고.'

그러니 위에서는 사건을 수사하지 말라는 이야기가 나올 것이다.

그리고 노형진이 노린 게 바로 그거였다.

'진짜 사실에 가짜를 섞기 위해서는 그에 걸맞은 희생이 필요하지.'

말뿐인 가짜는 누구도 믿지 않는다.

하지만 만일 그와 관련해서 세 명이나 죽어 나가면?

그리고 갑자기 그들의 신분이 모조리 사라진다면?

'경찰이 바보가 아닌 이상에야, 문제가 있다고 생각하겠지.'

그때의 반응은 두 가지다.

정부 말대로 조용히 입을 다물든가, 아니면 그걸 파고들려고 하든가.

어느 쪽이든 노형진은 손해 보는 게 없다.

만일 경찰이 엮이면 같이 이용하면 그만이고, 설사 입을 다문다 해도 경찰도 같이 이용하면 그만이다.

"진짜로 아셔야겠습니까?"

"이건 진짜로 알아야겠습니다. 위에서 뭐라고 하든, 무려 세 명이나 죽었습니다."

수사관은 이를 박박 갈면서 말했다.

위에서 뭐라고 하든 그건 절대로 놓칠 수 없는 사실이었다.

"그러면 여기로 연락하세요."

노형진은 뭔가를 건넸다.

그건 다름 아닌 오광훈의 연락처였다.

"이건……."

"극비리에 저희와 같이 조사하는 검사님 이름입니다. 그
분이 알려 주실 겁니다."

"으음……."

"그리고 미리 말씀드리는 건데, 이건 목숨을 걸어야 하는
일입니다."

노형진의 말에 수사관은 심각한 표정으로 고개를 끄덕거
렸다.

⚖

"조사하고 싶다고? 추천은 안 하는데."

오광훈은 수사관을 보고 시큰둥하게 말했다.

일면식도 없는 그 수사관은 노형진의 소개로 찾아왔다고
했다. 신원 미상의 시신들의 정체를 알고 싶다면서.

"이야기는 들었다. 그런데 경찰이 이런 큰 건에 끼려고?"

"이건 단순히 큰 건이 아니지 않습니까?"

그냥 신원 미상이 아니다.

아예 위에서 덮으려고 온갖 압력이 내려오는 건이다.

다른 거라면 모르지만 무려 세 건의 살인.

아무리 경찰이 썩었다고 해도, 덮기에는 너무 위험했다.

"부검 결과 세 명 다 비슷한 시간에 죽었어요. 그런데 유기 장소가 다르단 말입니다. 이게 무슨 뜻인지 모르겠습니까? 누군가, 아니 어떤 집단이 살인했다는 겁니다. 집단이라고요! 뭔가를 감추기 위해 살인도 불사하는 그런 집단!"

수사관은 길길이 날뛰었다.

오광훈은 그런 그를 바라보면서 침묵을 지키다가 불쑥 물었다.

"이름이 뭐야?"

"네? 피해자 이름은 저도 모른다니까요!"

"아니, 당신 이름 말이야."

"전화로 말씀드렸잖습니까? 주세영입니다."

"주 수사관님, 이 사건을 추적하다가 죽을 수도 있어. 노변호사가 이야기해 주지 않았나?"

주세영은 흠칫했다.

그러고 보니 무시할 수 없는 말이다.

이미 세 명이 죽었다.

무언가를 감추기 위해 말이다.

노형진에게 듣기는 했지만 검사의 입에서 한 번 더 들으니 두려움이 몰려오는 건 어쩔 수 없었다.

　"내 말이 농담이 아니라는 것쯤은 알지?"

　오광훈의 말에 주세영은 아무런 말도 못 했다.

　"쉽게 결정할 수 없는 문제야. 한 해에 의문사하는 경찰의 숫자는 알고 있는 거야? 아마 주 수사관도 조금만 나에 대해 알아보면 알 텐데? 나도 이 바닥에서 막장이야. 나도 목숨 걸고 하는 일이라고."

　"그건……."

　의문사하는 경찰이 얼마나 되는지는 모른다.

　물론 의문사가 있다는 의심은 많다. 하지만 언제나 경찰은 그걸 사고로 처리한다.

　주세영은 마음을 독하게 먹었다.

　이게 무슨 건인지 모르겠지만, 이 정도의 집단이 움직인다는 건 절대로 만만한 사건이 아닐 것이라고 생각한 것이다.

　"알겠습니다. 제 목숨은 제가 알아서 챙기도록 하지요."

　"뭐, 그렇게까지 말한다면야."

　오광훈은 그런 주세영을 보고 어깨를 으쓱했다.

　물론 이건 노형진이 시켜서 하는 거짓말이다.

　애초에 국정원에서 주세영에게 관심을 줄 이유가 없다.

　그러나 시체가 있는 이상 주세영은 강력한 의심을 가질 수밖에 없다.

"국정원이 북한에 넘어갔어."

"……."

주세영은 눈만 데굴데굴 굴릴 뿐 말을 못 했다.

그건 말도 안 된다.

국정원이 어떤 단체인가?

대한민국의 가장 강력한 정보 집단 아닌가?

그런데 다른 곳도 아니고 북한에?

"정확하게 말하면 국정원 소속 상당수가 넘어간 것으로 의심하고 있지."

"그걸 지금 농담이라고 하십니까?"

"농담 같아?"

오광훈은 책상에 있는 서류를 슬쩍 보면서 말했다.

거기에 실려 있는 세 구의 시신들의 사진.

그리고 그 시선에 주세영은 아무런 말도 할 수가 없었다.

농담으로 삼기에는 사건이 너무나 무거웠다.

"내가 마지막으로 확인한 바에 따르면 이 사람은 국정원과 한선구 그리고 주유진을 조사하고 있었어."

"누구요?"

주세영은 자신의 귀를 의심했다.

한선구와 주유진이라니.

"동명이인은 아니지요?"

"동명이인이었다면 내가 여기서 당신이랑 이야기할 시간

에 그 사람들 멱살 잡고 끌고 오지."

주세영은 자신도 모르게 얼굴을 감싸고는 긴 한숨을 내쉬었다.

물론 큰 건이라고 생각했지만 이건 상상 외로 큰 건이었다.

진짜 꿈에도 생각 못 할 일이다.

"그런데 왜 다른 곳에 보고하지 않고 있는 겁니까!"

"다른 곳에 보고해? 누구한테? 국회의원 두 명과 국정원이 북한의 손아귀에 떨어진 상황으로 의심되는데? 그러면 어디에 보고할까?"

"……."

보고할 곳이 없다.

오광훈이 상관에게 보고하자니, 이게 아군인지 적군인지도 알 수가 없다.

당장 주세영의 상관에게서도 즉시 수사를 중지하라는 압력이 내려오고 있는 판국이다.

"검찰이라고 다를 것 같아?"

고작 평검사가 대통령에게 보고할 수도 없다.

애초에 간첩이라고 의심받는 사람이 현직 국회의원이다.

"보고서를 올리는 순간 다음번에는 내 시체가 인천 앞바다에 떠오르겠지."

시큰둥한 태도와 달리 오광훈의 말은 절대로 가볍지 않았다.

"그래서 조용히 있는 거야. 조용히 움직이면서 뒤를 캐야지."

원래는 그걸 보고한 사람을 암살하기 위해 보내진 세 사람.

그러나 노형진에 의해 반대로 암살당한 사람으로 처리되었다.

물론 그걸 증명할 방법은 없다.

하지만 부정할 방법도 없다.

'하여간 머리가 좋아요.'

오광훈은 속으로 낄낄거렸다.

노형진은 어차피 존재하지 않는 사람들에게 자신이 상상한 스토리를 입혔다.

그게 워낙 그럴듯했기 때문에 모르는 사람은 속을 수밖에 없었다.

"맙소사."

주세영은 얼굴을 감싸 쥐고 아무런 말도 하지 못한 채 한동안 가만히 앉아 있었다.

자신이 감당하지 못할 정도의 사건이다.

그런 그에게 오광훈은 차분하게 떡밥을 던졌다.

"아마도 그들 세 명이 죽은 건 같은 조직원의 솜씨겠지."

"그걸 어떻게 아십니까?"

"경찰이잖아. 척 보면 몰라?"

"그건……."

"그 녀석들은 국정원 요원들이야. 아니, 국정원 요원으로 의심되고 있지. 그런 사람 세 명이 제대로 저항도 못 하고 죽었어. 너라면 그들을 그렇게 제압할 수 있어?"

"······."

국정원 요원이라면 당연히 상당한 전투 실력을 가지고 있을 수밖에 없다.

그런데 그들이 저항도 못 하고 살해당했다?

물론 실제로는 남자를 기습하려다가 도리어 기습당했으니 저항할 틈도 없었다고 봐야 하겠지만 말이다.

"보통 이런 경우는 살인자가 익숙한 사람, 그것도 아주 믿을 만한 사람이라고 생각하지."

"그건······ 그렇지요."

주세영은 그 말을 들으면서 고개를 끄덕거릴 수밖에 없다.

진짜 어지간히 전투 훈련을 하지 않으면 사람을 이렇게 깔끔하게 죽이지는 못한다.

"더군다나 죽은 방식이 제각각이야. 한 명은 목이 부러지고, 한 명은 심장이 칼에 찔리고, 한 명은 목에 와이어가 감겨 질식했지. 한 명이 죽어 가는데 다른 두 명이 '아이고, 잘 죽는구나. 다음번은 나겠네.' 하고 기다릴까?"

"그럴 리 없지요."

그게 정상이다.

물론 함정에 걸린 그들이 섬광에 시력을 상실한 건 주세영은 알지 못할 수밖에 없다.

그 남자는 섬광탄이 터지는 순간 칼로 한 명을 찌르고 다른 한 명의 목을 부러트렸으며 마지막에 남은 사람을 와이어로 질식사시켰다.

그게 고작 3분 만에 벌어진 일이었다.

물론 이들도 훈련받은 국정원 요원들이지만 그들은 아무런 정보도 없이 남자를 죽이러 갔고, 그래서 일반인이라고만 생각해서 방심했다.

더군다나 그들이 아무리 훈련을 받았다고 해도 북한을 들락날락하면서 실제로 살인까지 해 본 사람을 이기기에는 실력이 부족한 것도 사실이었다.

한국에서 암살조를 운영한다지만 그들이 진짜로 암살을 하는 경우는 드물고, 설사 한다고 해도 사고로 느긋하게 처리하지 이렇게 다급하게 가서 죽이지는 않기 때문에 실력이 그보다 떨어질 수밖에 없었다.

"적어도 세 명. 그것도 그들이 믿을 수 있고 그들보다 실력이 있는 사람 세 명. 그런 집단이 어디겠어?"

"국정원이겠군요."

주세영은 침음성을 흘렸다.

상식적으로 그게 맞으니까.

물론 북파 공작원이라는 존재는 전혀 떠올리지 못했다.

실제로 이번 사건에서 북파 공작원이라는 존재가 끼어들 여지가 없기 때문이다.

"북한이 어떻게 국정원을 끌어들였는지는 몰라. 하지만

확실한 건, 이제 국정원도 믿을 만한 조직은 아니라는 거지. 뭐, 언제나 그랬지만."

어깨를 으쓱하는 오광훈.

만일 국정원에서 이 사실을 알면 얼마나 억울할까?

하지만 알지 못하니, 그저 졸지에 엮여 든 주세영만 공포에 떨 뿐이었다.

"그, 그러면 어떻게 해야 합니까? 제가 이 사건에서 손을 떼야 하나요?"

주세영은 겁이 났다.

방금 전만 해도 호기롭게 싸울 수 있을 것 같았는데 국정원 문제라니.

"물론 손을 뗄 수도 있겠지. 하지만 나를 찾아온 시점에서부터 이미 감시가 시작되었을걸."

"헉!"

얼굴이 창백해지는 주세영.

하긴 노형진과 주세영은 관할도 다르고 겹치는 사건도 없다.

그러니 주세영이 오광훈을 찾아온 시점부터 그는 감시 대상이 된다는 소리다.

"그렇잖아도 나도 그것 때문에 움직이지 못하고 있는데 말이지."

"그런……."

"하지만 방법이 없는 것은 아니야."

"방법이 있다고요? 국정원을 상대로요?"

"그래. 내가 지금까지 연락할 방법이 없어서 못 쓴 것뿐이지."

오광훈은 나지막하게 말했다.

노형진이 짠 마지막 작전을 실행할 시간이었다.

"군에 연락하면 되는 거야."

"군요?"

"그래, 군대 말이야. 지금 상황에서는 군대가 가장 안전하지."

"어째서요? 군은……."

"맞아. 군은 지금 힘이 많이 빠졌지. 하지만 왜 빠졌는지를 생각해 봐."

"아……."

군이 지금 힘이 빠진 이유. 그건 노형진과 새론에서 군 내부 장교들의 비리를 국가보안법으로 모조리 고발했기 때문이다.

그렇잖아도 사사건건 대립하는 국정원은 그 기회에 군대를 길들이기 위해 악착같이 털었고, 그 결과 실제로 군 내부에 숨어 있던 간첩들이 드러났다.

"그렇게 털었던 국정원이 간첩에게 넘어간 건 의외지만."

오광훈은 어깨를 으쓱했다.

주세영은 자신의 선택을 후회했다.

호기심은 고양이를 죽인다고 했던가?

그런데 이제는 고양이가 아니라 자신을 죽이게 생겼다.

"지금 군은 국정원에 이를 박박 갈고 있지. 이유는 알 거야."

"네."

"그러니 적당한 이유만 있으면 그들이 알아서 추적을 시작할 거야."

"그걸 제가 이야기한단 말입니까?"

"그래야지."

"그건…… 왜……."

"그건 기밀이야."

주세영은 입을 다물었다.

"물론 하기 싫다면 하지 않아도 돼. 하지만 그 책임은 스스로 지는 거야."

그의 말에 주세영은 입술을 깨물 수밖에 없었다.

⚖

"주세영은 어때?"

"아마 지금쯤 누군가 자신을 따라다닌다고 확신하고 있겠지. 실제로 사람을 붙였으니까."

노형진은 커피를 마시면서 피식 웃었다.

사실 국정원에서는 주세영에 대해 전혀 관심이 없다.

처음에는 잔뜩 흥분해서 나라라도 구할 것처럼 굴었지만, 국정원이라는 이야기가 나오자마자 꼬리를 말고 수사를 멈

쳤으니까.

"국정원의 목적은 수사를 막는 거니까 자신의 말에 굴복했다고 생각하겠지."

그래서 관심을 꺼 버렸다.

하지만 노형진은 그를 따라다닐 사람을 지정했고, 아마 지금쯤 주세영은 자신이 추적받고 있다는 걸 알아차렸을 것이다.

어찌 되었건 그는 경찰이니까.

"그런데 왜 우리가 국방부에 직접 찌르지 않은 거야? 사실 그래도 상관없지 않아?"

"뭐, 일단 그들 중 몇 명이나 한선구와 주유진에게 넘어갔는지도 확실하지 않고, 결정적으로 너는 문제가 안 되는데 나라는 존재가 문제가 돼."

"네가?"

"내가 국방부에 뭔 짓을 했는데."

사실 국방부에서는 노형진이라고 하면 이를 박박 갈고 있었다.

"내가 날려 버린 별의 숫자를 생각하면 아마 국방부 입장에서는 거의 딥 임팩트급 사건이었을걸."

족히 백 단위의 별이 날아갔고 영관급은 셀 수도 없다.

지금 노형진이 만들어 둔 곳에는 제대한 부사관들과 병사들이 몰려들고 있고 군 내부의 비리에 대해 계속 고발이 진행되고 있다.

"사실 지금까지 뒤에서 병사들을 노예 취급하면서 돈을 빼돌리던 국방부의 장군들에게 나는 원수 그 이상이야."

그렇다 보니 노형진이 가서 이야기한다고 해도 믿어 주지 않을 가능성이 높다.

"아마 내게 또 다른 목적이 있다고 생각하겠지."

"이거야 원, 자기들이 잘못한 건 절대 생각하지 않네."

"그게 정치라는 거다. 자기 잘못을 인정하는 순간 정치는 못 한다고 생각하거든."

노형진은 어깨를 으쓱하며 말했다.

"결과적으로 말하면, 현 상황에서 내가 뭐라고 하든 국방부는 아무런 행동도 하지 않을 거야. 아니, 도리어 나를 죽일 수 있다면 간첩과도 손잡을지 모르지."

"에이, 설마."

"설마? 지난번 사건 기억 안 나? 아, 그때는 넌 죽어 있었겠구나."

무려 소장이 간첩이었다.

"그런데 간첩 혐의로 조사가 들어갔을 때 장성들이 와서 탄원서를 내 줬어. 그게 무슨 의미인지 알아?"

"자기들도 걸리는 게 있다는 거네?"

"그렇겠지."

물론 그때는 간첩으로 확정된 건 아니고 의심스러운 상황이었을 뿐이다.

이것이 법이다

하지만 군대 내부에서 간첩 행위라는 것 자체가 아주 위험한 문제이고, 만일 정상적인 상황이라면 빠르게 손절하는 게 맞다.

"그런데 3성 이상 장군들이 탄원서를 내 줬어. 왜일까?"

"끄응……."

그가 일을 잘해서?

아니다. 그 소장이 돈을 주고 승진했을 가능성이 높기 때문이다.

"조사가 진행되면 그 돈이 어디서 왔는지를 따지기 시작하겠지."

그리고 답은 뻔하다.

아무리 둘러대도 뇌물을 받은 거고, 현실적으로 북에서 공작비를 받은 것일 수도 있다.

"결국 소장의 사건은 극비리에 처리되었지만……."

안 봐도 뻔하다.

상위 장군들이 비밀리에 덮어 버린 것이다.

"그런 놈들이 북한과 손잡지 않을 이유도 없지."

"흠……."

"정확하게 알아 둬. 대한민국의 군은 나라를 지키는 조직이 아니야. 아니, 최소한 위쪽은 아니지."

하위 병사들과 장교들은 나라를 위해 목숨을 바칠 수도 있을지 모르지만, 상위 장군들은 자신에게 권력만 준다면 몇만 장병들의 목숨을 눈도 깜짝 안 하고 갈아 버릴 놈들이다.

"실제로 그런 위험성 때문에 한국에서 즉결 처형이 인정되지 않는 거고."

"뭐? 즉결 처형이 인정되지 않는다고? 되는 거 아니었어?"

"그건 또 어떤 놈의 뇌 내 망상이야?"

"아니, 그 뭐냐, 군에 갔다 온 후임들이 그러던데? 너희들은 전쟁터였으면 즉결 처형감이라고."

"하아……."

노형진은 머리를 절레절레 흔들었다.

이러니 군이라는 조직을 믿을 수가 없는 거다.

권력을 위해 이런 거짓말도 아무렇지도 않게 하다니.

"그건 불가능해. 한국에서는 전시에도 즉결 처형을 인정하지 않아."

"그런데 왜 그런 소리를 하는 거야?"

"지배권이지. 나는 너의 생사여탈권을 쥐고 있다, 그러니까 알아서 나한테 잘 기어라, 이거야. 일종의 협박이지. 그런데 상식적으로 부하를 협박으로 다루는 조직이 제대로 된 조직이라고 생각하냐?"

그럴 리 없다. 그럼에도 불구하고 몇몇 장교들은 부하들에게 그런 협박을 한다.

"아니, 왜?"

"능력이 떨어지거든. 우리나라의 고질적인 문제야."

한국에서 군인에 대한 대우는 집 지키는 개, 딱 그 수준이다.

그런데 군대에서 소위 말뚝 박고 장교로서 지휘하려고 하는 사람들이 얼마나 될까?

월급도 짜고, 사회적으로 존경도 못 받고, 성장 가능성도 없다.

그러니 능력 있는 사람은 아예 군에 가지 않으려고 한다.

당연히 그들은 그냥 병사로 짧게 다녀오거나 ROTC 등을 통해 복무를 짧게 마치고 나오려고 한다.

"그렇다 보니 문제가 생기는 거지."

휘하에는 한국대 등 유명 대학 출신이 수두룩한데 지휘관은 능력이 안 되는 경우가 많다.

물론 3사관학교나 사관학교를 통해 제대로 훈련받은 사람이 나오기도 한다.

"그런데 또 그런 애들은 자기들이 병사들보다 우월하다는 생각에 빠져 있거든."

어느 정도냐면, 20대의 대위가 자기 아버지뻘인 50대 되는 원사에게 술에 취해서 춤을 추라고 구타를 할 정도이다.

정상적으로 군 생활을 한 사람들에게는 절대 있을 수가 없는 일이다.

물론 계급적으로는 대위의 아래가 맞지만, 부사관은 부대의 핵심이고 모든 실무를 담당한다.

가령 전쟁터에서 대위는 돌격하라고 명령을 내릴 수 있지만, 그 명령대로 나를 따르라고 부하들을 데리고 돌격하는 것은 부사관이다.

그래서 절대 병사들은, 아니 제대로 군 생활에 대해 조금이라도 아는 장교들은 절대 부사관, 그것도 원사를 무시하지 않는다.

"부사관에 대한 대우가 그 지경인데 일반 병사는 어느 정도겠어?"

그렇다 보니 부하들이 존경을 보이지는 않고, 당연히 일종의 거리가 느껴지고, 그래서 협박을 하는 것이다.

나는 여차하면 너의 인생을 망칠 수 있다고.

"제대하는 순간 그 병사는 자기보다 위가 된다는 걸 모르는 거지."

제대하는 순간 병사는 민간인이 되고, 민간인이 민원을 넣기 시작하면 그의 군 생활은 끝장난다는 걸 그들은 모른다.

"그랬나? 아우, 씨발. 난 진짜로 군대에서 여차하면 머리에 총 대고 E 당기는 줄 알았네."

"E?"

"아, 게임에서 즉결 처형에 쓰는 거야. 보통 모랄빵 났을 때."

"모랄빵?"

"……말을 말자."

노형진이 전혀 모르는 듯하자 오광훈은 손을 절레절레 흔들었다.

"뭐, 어찌 되었건 잠깐 운영된 적이 있기는 하지. 개판이어서 없어졌지만."

"그래?"

"그래."

원래 즉결 처형은 철저한 규칙 아래에서 이루어져야 한다.

가장 대표적인 것이 적전 탈출이나 항명 등이다.

적이 앞에 있는데 도망가는 것은 사기에 지대한 영향을 미치니까.

"그런데 한국군은 그렇게 운영하지 않았지."

트럭을 몰던 중 자기가 탄 차를 앞질러 갔다고 죽이고, 자기가 탄 차량의 시동을 꺼트렸다고 해서 죽이고, 훈련 자세가 마음에 안 든다고 죽이고.

"어찌 되었건 한국의 장교 상당수가 사회에 있는 사람들보다 능력이 떨어지는 것은 사실이야."

"으음……."

"그렇다 보니 협박으로 통제하려고 하는 거지. 아마 전쟁터였으면 바로 누가 죽였는지도 모르게 죽었을걸."

노형진은 스윽 하고 목을 그었다.

농담이 아니라 노형진이 회귀 전 군 생활을 할 때 가장 많이 들은 게 애국이나 충성이 아니라 우리의 주적은 장교라는 말이었다.

"물론 제대로 하려고 하는 장교들도 있기는 하지. 문제는, 군이라는 조직은 제대로 하는 장교들이 절대 승진 못 하거든."

병사를 제대로 통제하고 보듬어 주는 장교는 실적이 떨어져서 승진하지 못하는데 병사를 갈아 넣고 죽이고 병신으로 만드는 사람들은 실적이 좋아서 빠르게 승진한다.

"어찌 되었건 이런저런 이유로 나는 그들에게 용납 못 할 적이야. 아마 북한보다 날 더 싫어할 거다."

노형진은 낄낄거리면서 웃었다.

물론 그건 농담이 아니다.

만일 간첩과 노형진 둘 중 한 명을 죽일 수 있는 기회가 온다면 국방부는 당연히 노형진을 죽일 것이다.

"허, 무섭네."

"어찌 되었건 그런 이유로 내가 직접 못 간 거야. 그리고 너야 뭐, 나와 밀접한 관계가 있다는 걸 다 알고 있으니까."

그러니 자신들이 뭐라고 해도 그들이 움직일 가능성은 낮다.

"하지만 다른 사람이라면 이야기가 달라지지."

자신들이 관련되어 있지 않다면?

아니, 최소한만 관계되어 있다면?

국방부는 잃어버릴 권력을 찾을 방법을 강구할 것이다.

"권력이란 케이크 같은 것이지."

권력은 절대 커지지 않는다.

양이 정해진 케이크처럼, 내가 더 차지하기 위해서는 남을 밟아야 한다.

"그리고 국정원을 이제는 국방부가 밟는다?"

"정답."

노형진은 씩 웃었다.

"그리고 그때가 우리가 역습할 때야, 후후후."

주세영은 코너에 숨어서 슬쩍 고개를 내밀었다.

누군가가 당황한 듯 다른 사람들과 이야기를 하더니 여러 방향으로 흩어졌다.

"이런 젠장."

오광훈을 찾아간 후에 자신에게 붙은 정체 모를 남자들.

그들이 누군지 주세영은 알 것 같았다.

'고의적이야. 날 죽이려고 하는 거야.'

사실 우연이라고 생각했다.

그런데 그들은 인적이 없는 곳에서 고의적으로 접촉 사고를 냈다.

상식적으로 차가 없는 곳에서 그런 사고가 날 이유가 없었는데 그들은 간단한 접촉 사고를 낸 후에 천연덕스럽게 다가와서 미안하다며 내려 달라고 했다.

보험회사를 부르자며.

'그때 내가 도망가지 않았다면…….'

그때를 생각하면 주세영은 지금도 소름이 돋았다.

그는 혹시나 하는 생각에 더럭 겁이 나 바로 액셀을 풀로 밟았고, 그러자 뒤에서 몇 발의 총성이 터져 나왔다.

물론 그건 노형진이 짠 거다.

사고야 어렵지 않고, 총소리야 카세트로 틀면 그만이니까.

하지만 그로서 진짜로 위협받는 상황이라고 생각하게 된 주세영이 기댈 수 있는 곳은 한 곳뿐이었다.

그걸 위해 오광훈이 운을 띄운 거라고는 생각도 못 했다.

'어쩔 수 없어…… 이러면…….'

그를 지켜 줄 곳은 없다.

아무리 그가 경찰이고 훈련을 받았다지만 상대방은 국정원이다.

그보다 강할 가능성이 높고, 총을 써도 무마할 수 있는 집단이다.

'어머니…….'

집에 있는 어머니를 생각하니 심장이 미친 듯이 뛰었다.

얼마 전 의문사한 선배가 생각났다.

수사 중 호수에서 변사체로 발견되었는데, 경찰은 그 사건을 단순 실족으로 처리했다.

그곳에 갈 이유가 없는데 말이다.

그리고 그 사건을 수사도 하지 못하게 철저하게 막았다.

"젠장!"

주세영은 이를 악물었다.

"난 살아야 해……! 난 살아야 해!"

경찰로서의 업무? 그딴 건 중요한 게 아니다.

살아야 했다.

그리고 살 수 있는 방법은 하나뿐이었다.

⚖

"이게 사실일까?"

"미친놈이 하는 헛소리 아니야?"

뜬금없이 군부대에 들어와서 보호를 요청한 남자.

그는 자신이 경찰이라 주장하면서 신분증을 내밀었다.

그리고 간첩 사건과 관련해서 중요한 사실이 있다고 주장
했다.

그리고 그 사실은 자연스럽게 군 기무사로 흘러들어 왔다.

"국정원이 간첩한테 넘어갔다고? 그리고 한선구와 주유진
이 간첩이라고? 이거 아무리 봐도 개소리 같은데."

"물론 말로만 그랬다면 저도 그냥 미친놈이라고 생각해서
쫓아냈을 겁니다."

소령 계급장을 단 보좌관은 심각한 얼굴로 사진을 꺼내서
내밀었다.

"그가 가지고 있던 사진입니다. 그자가 사건과 관련해서

자료를 다 들고 왔는데, 전산상에는 이런 자료가 없습니다."

"없어?"

"네, 전혀 없습니다. 아예 존재하지 않는 사람처럼 없습니다."

"그게 가능해?"

군 기무사의 능력은 국정원과 비등하다.

물론 국정원처럼 해외 작전을 하지는 못하지만 국내 정보 라인에 있어서는 절대 꿀리지 않는다.

"그래서 제가 이상하다고 생각하는 겁니다. 장군님, 사람의 인생 자체를 지울 수 있는 조직이 얼마나 됩니까?"

"그건……. 그렇군."

그 정도 일을 할 수 있는 조직은 많지 않다.

"그리고 그가 총격을 당했다는 시골 근처를 확인해 봤습니다. 실제로 그날 총성을 들었다는 주민들이 적지 않습니다. 총격으로 경찰이 출동한 기록도 있고요."

"그래서 범인은?"

"못 찾았습니다."

찾을 수 있을 리 없다.

그냥 스피커를 최대로 해 놓고 녹음된 파일을 튼 거니까.

그들은 정작 그 제보를 한 사람들이 그 추적자들이라고는 꿈에도 생각을 못 할 것이다.

"그래서 라인을 좀 확인했습니다만……."

라인, 즉 공식적이지 않은 첩보 라인을 뜻한다.

그 안에서는 감춰진 정보도 충분히 알 수 있다, 일부지만.

"이 세 사람, 국정원 맞습니다."

장군의 눈썹이 꿈틀했다.

"확실해?"

"네, 확실합니다. 국정원 요원입니다. 정확하게는 암살조입니다."

"암살조?"

"네. 그러면 신빙성이 더 있습니다. 암살조의 실력이 부족해서 죽었다고 보기는 힘들지 않습니까?"

"그건 그렇지."

장군은 머리를 끄덕거렸다.

국정원 암살조가 깔끔하게 죽는다는 건 그의 일반적인 생각으로는 불가능했다.

"어떻게 할까요?"

보좌관의 말에 그의 눈이 빛났다.

"지금 그 미친놈, 아직도 버티고 있지?"

"그렇습니다."

그 미친놈.

국방부 장관의 가족을 인질로 삼고 국방부 감사를 요구하고 있는 그놈.

국방부 장관은 이러지도 저러지도 못하는 상황이다.

"이거 키울 수 있겠어?"

"이 사건으로 그 사건을 덮으실 생각입니까?"

"이건 기회야. 이걸 이용하지 못하면 우리는 또 국정원 그 새끼들한테 잘근잘근 밟힐 거야."

그와 관련된 많은 사람들이 목이 날아갔다.

그리고 많은 장군들이 감옥으로 들어갔다.

그들은 군인 신분이기 때문에 민간 감옥이 아니라 군 감옥에 들어가서 온갖 고초를 당하고 있다.

"복수할 기회야."

그는 눈에서 불을 켰다.

개판일수록 나는 좋아

남자는 뉴스를 보고 있었다.

인질은 아예 바닥에 누워서 자고 있다.

끊임없이 이루어진 대치. 그 와중에 지쳐 버린 것이다.

"재미있군."

국방부 장관은 자신의 가족을 살려 달라고 몇 번이나 편지를 보냈다.

전화를 하기도 했다.

하지만 그는 국방부 장관의 말을 철저하게 무시했다.

자신은 국가를 위해 모든 걸 바쳤다. 그건 지금도 마찬가지다.

자신이 충성을 바치는 대상은 국가이지 국방부 장관이 아니었다.

더군다나 자신의 평생의 원수가 차기 대통령 후보란다.

그걸 보고했더니 암살범을 보낸 군부 따위, 그는 관심도 없었다.

"제발…… 아이만이라도……."

남자가 아무런 말도 하지 않자 여자는 퀭한 얼굴로 빌듯이 말했다.

"아이만이라도 보내 주세요. 저만 있어도 되잖아요?"

"골라."

"네?"

고르라는 말에 여자의 눈이 커졌다.

설마 고른 아이는 내보내 준다는 걸까?

하지만 이내 그녀는 입을 다물어야 했다.

"가장 먼저 죽이고 싶은 자식을 골라. 죽여서 내보내 주지."

"……."

"멍청하긴."

다시금 뉴스로 시선을 돌리는 남자.

그는 자신도 모르게 혀를 끌끌 찼다.

노형진과 오광훈에게 의뢰하기는 했지만 도무지 진척이 보이지 않아 그냥 죄다 모가지 따 버리고 끝낼까 하는 생각을 하고 있었는데, 벌어진 일이 상상과는 좀 달랐다.

"뉴스에서 나오기를 기대한 건 이게 아니었는데."

텔레비전에서 나오는 건 세 명의 실종자의 가족들을 찾는 뉴스였다.

정확하게는 신원 미상의 사망자들의 사진을 통해 유가족을 찾는 것이었다.

그것도 자신이 죽인 사람들 말이다.

"도대체 그 인간들이 뭘 하는지 알 수가 없군."

그가 그들에게 한선구에 대해 알려 줬지만 정작 한선구는 멀쩡하게 뉴스에 나와서 빨갱이 타령을 하고 있었다.

그가 북에서 내려온 빨갱이라면서 희생을 감수하더라도 강제 돌입을 통해 북한의 침략을 막아야 한다고 말이다.

한선구가 저러는 이유는 뻔하다.

자신이 알고 있다는 걸 아는 거다.

그리고 그걸 어떻게 해서든 막고 싶을 것이다.

"개 같은 새끼."

남자는 이를 빠드득 갈았다.

"국방부 장관도 개새끼고."

사실 국방부 장관이 떳떳하다면 감사를 하면 된다.

사실 그는 살고자 하는 희망도 없다. 만일 장관이 진짜로 외부 감사를 한다고 하면 그냥 나가서 자살할 생각도 했다.

하지만 장관은 끝까지 감사에 대해서는 불가를 외치고 있었다.

그 말은 친자식이나 가족보다 자기가 감춰야 하는 비밀이

더 크다는 거다.

자신이 평생을 바친 조직이 이렇게 썩었다는 사실이, 도무지 그는 용서가 되지 않았다.

"누구 하나 모가지 따야 정신 차리려나."

남자가 그렇게 말하면서 고개를 돌리자 장관의 딸은 다급하게 아이들을 품에 안았다.

"뭐, 상관없지."

애초에 진짜로 감사를 원해서 시작한 일은 아니다.

당초 계획은 그가 인질극으로 시선을 돌리는 와중에 노형진이 한선구 그 새끼를 잡는 것이었으니까.

그는 그저 노형진이 한선구를 잡기를 기다리는 것뿐이다.

"그런데 너무 느려."

눈을 꿈틀거린 그는 전화기를 들었다.

"한번 다그쳐야겠군."

⚖️

"부르실 거라 생각했습니다."

노형진은 남자의 부름에 다시 돌아왔다.

오광훈 역시 불편한 표정으로 다시 올 수밖에 없었다.

"한선구를 잡아 달라고 했을 텐데?"

"압니다. 모든 준비는 끝났고요. 그런데 안 부르시더군요."

이것이 법이다

"뭐?"

"저희가 연락할 방법이 없지 않습니까?"

이 안에 들어오는 모든 것은 감시당하고 있다.

그러니 노형진과 오광훈은 그가 부를 때까지 그저 기다리는 수밖에 없었다.

"도대체 왜?"

남자는 눈을 찌푸렸다.

그가 원한 건 한선구와 그 패거리의 처단이다.

그런데 아무것도 하지 않고 그저 그가 부르기를 기다리고 있었다니.

"도대체 뭘 했는데?"

"떡밥을 던져 놨지요."

"떡밥?"

"설마 이게 폭로로 해결될 거라고 생각하신 겁니까? 그건 아니지 않습니까?"

이미 그 방법은 썼고 또 실패했다.

"당연히 폭로가 아닌 다른 방법을 써야지요."

"어떻게?"

"바로 당신이지요."

"허?"

노형진의 말에 남자는 기가 막혔다.

어차피 그는 이제 여기서 할 수 있는 게 없다. 그런데 마지막 방법이 그 자신이라니?

"저는 바보가 아닙니다."

노형진은 그를 뚫어지게 바라보았다.

"제가 정의 때문에 폭로하고 현 정권과 싸울 거라 생각했다면 큰 오산입니다."

물론 그런 의지가 아예 없는 것은 아니다.

'하지만 당신은 아니지.'

아무리 막장이라지만 아이 셋과 여자 한 명을 붙잡고 인질극을 벌이는 사람이다.

그가 받은 충격이 그만큼 컸을지도 모르나, 아이들의 잘못은 그저 부패한 군인의 핏줄로 태어났다는 것뿐이다.

"그래서 내가 가서 다시 한번 폭로를 하라는 거야?"

"맞습니다. 하지만 이번에는 소속을 바꿔야지요."

"무슨 소리지?"

"어차피 당신은 살아 나가기 힘듭니다."

"애초에 그쪽은 관심도 없다고 했다만?"

"그렇지요."

노형진은 다시 한번 그를 뚫어지게 바라보았다.

그는 죽는다.

병으로 인해 죽지 않는다 해도, 다른 누군가에게 죽는다.

"당신은 군부에 배신당했습니다. 그런데 여기서 문제가 생기지요. 과연 국방부 장관이 당신이라는 존재를 알까요?"

이것이 법이다

"뭐?"

"제 경험상, 아닐 겁니다."

국방부 장관에게 이 남자의 건이 보고가 들어갔을까?

그럴 리 없다.

물론 국방부 장관이 대통령이 정한 군의 지휘 라인인 것은 사실이다.

그건 부정할 수 없다.

"하지만 그렇다고 해서 모든 사람들이 그의 통제를 받는 것은 아니지요."

특히나 이런 사건, 그러니까 벌써 수십 년 전에 벌어진 사건들은 소위 말하는 비선을 통해 통제되기 마련이다.

"아마도 국방부 장관은 모를 겁니다."

"증거는?"

"지금 당신이 살아 있는 게 바로 증거지요."

만일 국방부 장관이 그가 아오지에서 살아온 북파 공작원 출신이라는 걸 알았다면 어떻게 해서든 죽였을 것이다.

"시대가 바뀌었거든요."

"그게 무슨 소리지?"

"배럿 같은 대전차 라이플이면 저격 거리가 여기까지 닿는다는 거지요."

"그건……."

"그리고 당신이 생각하는 것보다 훨씬 더, 기술은 발전했습니다."

그는 밖에서의 관찰을 피하기 위해 커튼을 쳐 둔 상황이다.

하지만 과학기술은 엄청나게 발전해서, 열 영상 카메라로 상대방의 움직임을 추적할 수 있다.

"당신의 움직임을 한번 확인해 봤지요."

그는 대부분의 시간을 소파에 앉아서 보낸다.

인질들은 창가에 묶어 두고 있으니 움직이지 못한다는 걸 알기 때문이다.

"배럿의 사거리는 1.8킬로미터입니다. 애초에 장갑차용 대물 저격총이니까요."

장갑차를 뚫는 대물 저격총에 방탄 필름이 무슨 소용이 있겠는가?

"그런……."

그가 군에서 여러 가지를 배웠다지만 그건 어디까지나 근접전 대응이다.

설사 저격을 배운다고 해도 대인용 저격총이지 배럿 같은 대물 저격총이 아니다.

'애초에 배럿이 나온 시기가 1982년이니까.'

그 전 시기에 군 생활을 한 그가 그 총에 대해 알 리 없다.

생산 이후, 알려진 것은 더 늦었으니까.

'지금이야 인터넷으로 조금만 찾으면 자료가 나오지만 말이지.'

하지만 아오지에서 인터넷이 가능할 리 없다.

"으음……."

남자는 신음을 냈다.

자신이 아는 최고의 방어를 해 놨는데 사실상 의미가 없는 행동이었다니.

"그럼에도 국방부 장관은 그걸 투입하지 않았습니다."

물론 단순 인질극에 그런 특수 병기를 투입하는 건 문제가 있기야 하겠지만, 지금 상황에 한국에서 그걸 막을 수 있는 사람은 없다.

"즉, 당신이 단순 인질범이라고 판단하고 있는 겁니다."

"그런……."

"그리고 당신이 사람을 죽일 생각이 없다는 것도 알겠지요."

"내가 못 죽일 것 같나?"

"못 죽이지는 않습니다. 하지만 안 죽이겠지요."

노형진은 남자를 뚫어지게 바라보면서 말했다.

"스스로 말했지요, 당신은 국가에 봉사했지 정치인에게 봉사하지 않았다고?"

"그랬지."

"그러면 저기에 있는 여자와 아이들은 국민입니까, 정치인입니까?"

남자는 아무런 말도 못 했다.

인질극을 벌이고 있기는 하지만 사실 목적이 그 자신이 이

룰 수 없는 것이기에 진짜로 죽일 생각은 없었던 것도 사실
이니까.

"그래서 내가 벌을 받아야 한다, 뭐 그런 주장이라도 하는 건
가? 이제 곧 죽을 나한테 선과 악에 대한 교훈이라도 주려고?"

"아니요. 정반대입니다."

"반대?"

"복수의 방아쇠를 당길 수 있게 해 드리지요."

"뭐?"

남자의 눈에 불이 켜졌다.

"마지막 복수는 당신이 직접 할 수는 없지만, 그 방아쇠는
당길 수 있으니까요."

"그게 무슨 말인가?"

"하시겠습니까?"

남자는 침묵을 지켰다.

복수. 자신을 아오지에서 버티게 했던 유일한 이유.

"죽일 수만 있다면. 뭐든 하겠어."

그는 눈을 번뜩거렸다.

"하지만 내가 뭐라고 하든 외부에서는 미친놈 취급일 텐
데? 여기도 뉴스는 나온다고."

북파 공작원과 관련된 추문은 현직 대통령과 국방부 장관
과는 전혀 상관없는 일이다.

관련이 있는 사람들은 대부분 죽었거나 은퇴했을 것이다.

'아무리 대통령이 권력에 욕심이 많다고 해도 간첩을 근처에 둘 리 없지.'

즉, 이걸 아는 것은 아마도 한선구와 배신한 국정원 일부일 가능성이 높다.

"아마도 당신의 존재를 감춘 일부 장성들이 존재할 겁니다."

"일부?"

"네. 물론 군이 상당히 부패했다는 것은 부정하지 않습니다."

하지만 현실적으로 수십 년 전 사건에 지금의 국방부 장관이 연관되어 있다고 보기는 힘들다.

"더군다나 공식적으로 북파 공작원을 마지막으로 보낸 게 수십 년 전입니다. 아마도 당신이 거의 마지막 세대일 테지요."

그리고 그 당시 일선에 있던 사람이 아마도 현재는 장군급이 되었을 가능성이 높다.

"애초에 북파 공작원을 훈련시키고 파견할 정도면 상당히 중요한 요직입니다. 정상적인 상황이라면 당연히 장군을 달았겠지요."

그리고 그들이 이번 사건의 실질적인 수장일 가능성이 높다.

"그래서 나보고 그들도 폭로하라고? 애초에 난 그들이 누군지도 몰라."

"알 필요 있나요? 어차피 그들도 당신이 누군지 모르는데."

"그래서 어쩌라고?"

"당신의 존재에 대한 정의는 이제 당신이 내리는 것에 따라 달라집니다."

"뭐? 이제 와서 나의 존재가 어쩌고 하면서 철학적인 문제라도 제기하려고 하려는 건가?"

노형진은 고개를 흔들었다.

"모든 준비는 끝났습니다. 이제 당신이 스스로의 존재에 대해 다르게 말하는 순간, 그들은 끝입니다."

"다르게?"

"그렇습니다. 당신은 존재하지 않는 사람이지요. 존재하지 않는 '국정원 요원'입니다."

노형진의 말에 남자는 눈을 꿈틀거렸다.

그건 진짜 생각도 못 해 본 말이었으니까.

"제가 지금 상황은 다 만들어 놨습니다."

국방부를 자극해서 국정원을 추적하게 만들어 놨다.

국방부는 국정원과 한선구, 주유진에 대해 조사하는 상황이지만 적당한 사유가 없어서 은밀하게 움직이고 있다.

"그런데 은밀하게 조사하는 것과 대대적으로 조사하는 것은 전혀 다르지요."

은밀하게 조사하면 아무래도 얻을 수 있는 정보에 한계가 있다.

하지만 대대적으로 조사하면, 한선구와 주유진에 대한 증거가 나오지 않을 수가 없다.

"내가 국정원 요원이라고?"

"부정할 수가 없지요."

부정하면 그의 존재 자체가 붕 떠 버린다.

수십 년간 존재하지 않았던 사람이고 수십 년간 지워진 사람이다.

그런 사람이 갑자기 나타난다는 것은 말이 안 된다.

"하지만 여기서는 어떻게 나가고?"

그는 차가운 눈빛으로 인질들을 바라보았다.

어차피 나가게 된다면 죽여도 상관없다는 눈빛.

"물론 원한을 품고 계신 것은 잘 압니다. 하지만 그게 심경의 변화를 일으키기에 좋은 문제는 아닙니다."

"심경의 변화?"

"그렇습니다. 누군가 심경의 변화를 일으켜서 사실을 폭로한다는 느낌을 줘야 하니까요. 그래서 좀 알아봤습니다만……."

노형진은 차분하게 말했다.

"동생분이 아직 살아 계시더군요."

"뭐?"

남자는 입을 쩍 벌렸다.

"내 존재 자체도 모를 텐데 어떻게……?"

"당신의 존재는 모르지요. 하지만 수십 년간 실종 신고를 한 사람들은 존재합니다."

그의 동생은 형이 실종된 후에 바로 실종 신고를 했다.

그리고 10년간이나 기다리다 어쩔 수 없이 사망신고를 해야 했다.

"국정원으로 이름이 바뀌었다고 해도 안기부 시절의 버릇을 못 고쳤거든요."

국가가 아닌 특정 권력자에 대한 충성.

대한민국 정보부가 가지고 있는 고질적인 문제.

"그리고 북파 공작원 문제는 중앙정보부 시절부터 그들의 공유 업무였습니다."

그들이 작전을 짜고 설계를 한다. 군은 그 요원의 훈련과 투입을 담당할 뿐이다.

"그러니 국정원이라는 주장이 틀린 말은 아니지요."

"그래서?"

"만일 당신이 국정원 요원이라고 밝힌다면 상황은 달라지지요."

노형진은 미소를 지었다.

"그리고 그 세 명을 스스로 죽였다고 인정하시는 겁니다."

딱히 거짓말도 아니다. 진짜로 그들을 죽인 건 이 남자니까.

"그리고 당신이 변절했다고 하는 거지요."

그러면 그때부터 상황은 돌변하게 된다.

국정원에서 수십 년간 운영된 블랙 요원.

그가 다른 조직원들을 죽였다.

그 이유는, 그들이 국정원과 국가 내부에 들어가 있는 간첩을 색출하려고 한 것.

이것이 법이다

"그러면 과연 대한민국은 누구에게 이 사건을 맡기려고 할까요?"

경찰?

애초에 경찰이나 검찰은 국정원의 통제에서 벗어날 수가 없다.

하지만 군이라면? 상황은 달라진다.

"지금 군은 국정원이라고 하면 이를 박박 갈고 있지요."

노형진은 미소를 지었다.

"이이제이라는 말이 있습니다. 오랑캐로 오랑캐를 잡는다는 거지요."

군을 이용해서 국정원을 초토화하고 그들의 비호를 받고 있는 한선구와 주유진을 잡는 것, 그게 노형진의 계획이다.

"이제 양심선언만 하시면 됩니다."

"양심선언……."

"그렇습니다. 뭐, 살짝 거짓말하는 거지만……."

노형진은 어깨를 으쓱했다.

"북파 공작원에게 그건 어려운 일이 아니지 않습니까? 후후후."

⚖

그 시각, 오광훈은 국방부 장관을 만나서 그에게 자신이 아는 정보를 건넸다.

"그의 동생을 찾았습니다."

"어떻게!"

장관은 눈을 크게 떴다.

그렇잖아도 인질범에 대해 알아내려고 별수를 다 썼다.

그런데 어찌 된 일인지 그의 존재 자체가 완전히 사라져 있었다.

'이건 말도 안 되는 일인데.'

다른 곳도 아니고 한국에 존재하지 않는 사람이 있다? 그 것도 훈련까지 받은 사람이?

그는 이상하다는 걸 느끼고 있었다.

그 상황에서 그와 유일하게 접촉한 오광훈이 찾아오자 눈에서 불이 켜진 상황이었다.

"실종 기록을 뒤졌습니다. 상당히 오래전에 실종 처리된 사람이더군요. 정확하게는 안기부 시절에 실종된 사람입니다."

"안기부?"

"네. 그런데 그 시점부터 모든 기록이 삭제된 것으로 나옵니다."

장관의 눈이 미미하게 떨렸다.

안기부 시절이라는 건 단순히 역사적 시기의 표현일 수도 있다. 하지만 굳이 안기부 시절이라고 이야기하고 그 시점을 기준으로 기록이 삭제되었다는 말을 추가한다는 건, 뭔가 있다는 소리다.

"그가 요원이다?"

"아마도 블랙 요원 같습니다."

존재하지만 존재하지 않는 자들.

블랙 요원도 여러 급수가 있다.

블랙 요원이지만 신분은 살아 있고 다른 신분으로 살아가는 사람도 있지만, 아예 존재 자체를 말소시키는 방법도 있다.

그리고 국정원, 아니 그 당시 안기부는 후자를 더 선호했다.

잡혔다가 고문에 못 이겨 자기 신분을 분 거라고, 한국에는 그런 사람 없다고 주장하기 쉬우니까.

"그놈이 국정원 요원이라고?"

"네. 대북 침투 요원으로 추정됩니다."

"그런데 왜……?"

국방부 장관은 이해가 가지 않았다.

국정원 요원이 왜 자신의 가족들을 인질로 삼았단 말인가?

"그에 관련해서 요즘 이상한 제보가 있었습니다. 아마도 아실 텐데요?"

움찔하는 국방부 장관.

그럴 수밖에 없다. 휘하에서 들어온 정보는 절대 무시할 수 있는 게 아니었으니까.

"국정원과 국회의원이 간첩이라는……?"

"그렇습니다. 그걸 조사하던 요원 세 명이 신원 미상의 시신으로 발견되었지요."

오광훈은 그렇게 말하면서 목소리를 낮췄다.

"그리고 저희가 지난번에 저 사람의 머리카락을 몰래 가지고 왔습니다."

"뭐?"

"물론 신분은 그걸로도 확인할 수 없었습니다. 하지만 그 세 사람이 죽은 곳으로 추정되는 장소에서 동일한 유전자가 발견되었습니다."

움찔하는 국방부 장관.

"제 생각에는 물타기가 아닐까 싶습니다."

"물타기?"

"그렇습니다. 이 상황에서 언론이 다 어디에 몰려 있습니까?"

국방부 장관은 상황이 어떻게 되어 가는지 한번에 알아차렸다.

"이 개 같은……."

지금 현재 언론은 모두 국방부의 비리로 몰려 있다.

국방부 입장에서는 인질범의 요구에 따라 조사해도 문제, 조사하지 않아도 문제인 상황이다. 진퇴양난이라고나 할까?

왜 감사를 하지 않느냐며, 국내 여론은 국방부 장관이 가족을 죽여서라도 감춰야 하는 비밀이 있는 게 아니냐고 생각하고 있다.

"이 문제가 터지고 나서 모든 사람들의 관심은 오로지 군의 비리에 몰려 있지요."

하지만 진짜 문제는 국정원이 이미 간첩 조직이 되었다는 것이다.

"그리고 그걸 통제할 수 있는 유일한 조직은 군이지요."

검찰? 대부분의 검사들의 약점을 국정원이 가지고 있다.

경찰? 경찰은 더하다. 국정원이 신분증만 내밀면 아예 하이패스 수준으로 밀고 다닐 수 있다.

"오로지 군대만이 그들을 견제할 수 있지요."

한번 대대적으로 털어 낸 덕분이었다.

"그러니 사건을 덮고 내부의 북한 세력을 늘리기 위해 시선을 돌릴 필요가 있었던 거지요."

"그게 나였단 말인가?"

"최선의 방법 아닌가요? 아주 확실하게 성공했고요."

"끄응⋯⋯."

그 말이 맞다.

현재 국정원의 간첩 사건을 아는 사람은 하나도 없다. 오로지 썩어 빠진 국방부를 욕할 뿐이다.

"그런데 저희가 그분의 신분을 확인하고 가족을 찾았습니다."

"그 말은?"

"아무래도 저분도 국정원의 현 상황에 대해서는 모르는 듯 하더군요. 지난 수십 년간 북한에서 고정간첩으로 활동했다고 하고요."

느긋하게 말하는 오광훈.

"만일 동생분에게 사실을 말하고 그분을 설득하게 해서 인질극을 멈춘다면 어떻게 될까요?"

"가능하겠나?"

"가능할 듯합니다. 지금 동생분도 큰 충격에 빠졌습니다. 그리고 저 사람도 당황한 듯하고요."

"당황?"

"시키는 대로 했는데 국정원의 라인이 끊어진 것 같습니다."

물론 그런 라인은 애초부터 없었지만.

"그래서 현 상황을 이해하지 못하는 거지요. 아마도 국정원에서는 그가 여기서 죽기를 바랐을 겁니다."

이미 국정원은 북한의 손아귀에 넘어간 상태다. 그러니 북한에서 고정간첩 역할을 하던 그를 좋게 볼 수가 없을 테고, 당연히 죽이고 싶어 할 것이다.

더군다나 그는 이미 요원 세 명을 죽였다.

"그러니 여기서 국방부가 그를 죽여 버리기를 원하고 있는 것 같습니다."

"개 같은 국정원 새끼들."

"그래서 드리는 말씀입니다만, 설득해서 자수하게 한다면 상황은 반전될 겁니다."

지금 모든 사람들의 관심은 국방부와 그 인질범에게 향해 있다.

그런데 사실은 인질범이 어딘가의 명령을 받고 일하는 놈이라면?

그들이 만일 북한의 간첩들이라면?

"국방부 개혁 이야기는 스윽 사라지겠지요."

눈을 빛내는 국방부 장관.

'물론 사라지지는 않겠지만.'

오광훈은 노형진이 했던 말을 생각했다.

－국방부 개혁 이야기는 절대 사라지지 않아. 이게 잠잠해지면 다시 기어 나올 거야. 하지만 국방부는 당장 그들의 입을 막는 게 급하겠지. 그러니 받아들일 거야. 그리고 지금 급한 건 국정원과 한선구 일파야. 국방부는 몇 번 털어서 전보다는 훨씬 깨끗해졌어. 신고 시스템도 제대로 잡혀서 과거보다 훨씬 부패하기 어렵고. 그러니 일단 급한 일부터 해결하자고.

그리고 급한 것은 다름 아닌 국정원.

"원하신다면 그 동생을 데리고 오도록 하겠습니다."

"당장 데리고 오게. 무슨 일이 있어도, 어떤 조건을 붙이더라도 데리고 오게."

국방부 장관은 눈에 불을 켜며 말했다.

"저, 저 새끼가 왜 아직도 안 죽은 거야!"

한선구는 손이 부들부들 떨렸다.

죽이라고 했다.

그런데 도망갔다고 했다.

그래서 어떻게 해서든 찾아서 죽이라고 명령을 내리려 했는데, 갑자기 이 미친놈이 인질극을 시작했다.

그때 한선구는 속으로 만세를 불렀다.

인질극을 벌인 이상 그를 믿어 줄 사람도 없고, 생매장하는 것은 어렵지도 않았다.

중국의 탈출 라인을 조사한 결과 어차피 그의 남은 목숨은 1년이라는 걸 알아냈다. 그동안 시간만 끌면 자신의 치부는 사라질 수밖에 없었다.

"그런데 뭐? 국정원? 젠장! 일이 어떻게 되어 가는 거야?"

뜬금없이 터져 나온 국정원 요원이라는 주장.

"동생이라니……."

생각해 보니 분명 그는 자신에게 동생이 있다고 했다.

하지만 어차피 사라진 인간이기에 북한에서 죽었을 거라 생각하고 신경 쓰지 않았다.

그런데 그 동생이라는 놈이 나타났다.

-저희 형님은 국정원, 아니 그 당시 안기부 요원으로 선발되셨습니다. 그리고 그 후에 북한에서 고정간첩으로 활동하셨다고 합니다.

동생이라는 놈이 그놈과 만나서 이야기를 하고 바깥으로 나와서 기자들을 대상으로 기자회견을 시작하자 상황이 돌변했다.

-얼마 전 돌아오신 형님은 국정원의 명령으로 변절한 요원을 처단하셨다고 합니다. 그 사건에 관해서는 오광훈 검사님이 확인해 주셨습니다. 그 후 국정원의 명령에 따라 인질극을 시작했다고 합니다.

그런 일을 해야 하는 이유는 알지 못하지만, 충성 서약을 했고 그래서 시키는 대로 했다는 것이다.

-하지만 조사 결과 그 세 요원들은 정반대로, 국정원 내부와 국회에 들어온 간첩 세력에 대한 정보를 추적 중이었다는 사실이 밝혀졌습니다.

동생의 말은 기자들을 술렁이게 만들기에 충분했다.

-그게 무슨 말인가요? 국정원 내부에 간첩이 있다는 소리인가요?
-형님 말씀으로는 국정원뿐만 아니라 현직 국회의원 중에도 간첩이 있다고 합니다.

―현직 국회의원!

―그 말이 사실입니까!

―형님은 수십 년간 조국을 위해 봉사했습니다. 하지만 정작 간첩에 넘어간 국정원과 국회의원에 의해 자신을 부정당하고 팽당하셨습니다.

―하지만 증거가 없지 않습니까?

―그게 그들이 노리는 거라고 합니다. 국정원에서 인질극을 벌이라고 한 이유는, 세 요원들이 추적하던 간첩들이 시선을 돌리기 위해서라고 생각하고 계십니다.

시끄러운 상황. 그 상황을 보면서 한선구는 손을 부들부들 떨어 댔다.

"이게 뭔 상황이야?"

어떻게 해서든 입을 막아야 했다.

그런데 상황이 돌변해서 입을 막을 수가 없게 되었다.

그렇잖아도 인질극이 모든 사람들의 시선을 끌어당긴 상황에서 그의 양심선언은 무서울 정도로 퍼져 나가고 있었다.

―형님께서는 지금 벌어진 일에 대해 무척이나 충격받으셨습니다. 반대로 당신의 안전에 관해 심각하게 생각하고 계십니다. 자신이 진실을 밝히고자 투항한다면 근시일 내에 당신에게 암살자가 올 것이라며, 염치 불고하고 국방부의 보호를 요청했습니다. 형님은 내일 아

이것이 힘이다

침에 무조건 투항하시겠답니다.

결국 국방부까지 엮여 버린 상황.

국방부는 투항한다면 당연히 보호한다고 했고, 그에 따라 상황은 점점 복잡하게 변하기 시작했다.

"한 의원님, 이거 어떻게 해야 합니까?"

"내가 어떻게 알아!"

한선구 의원은 정신이 아찔했다.

저기서 말하는 간첩이라는 건 누가 봐도 그 자신이다.

그런데 저게 방송을 통해 나갔으니, 당연히 간첩을 때려잡자고 난리가 날 것이다.

'국정원도 미쳐 날뛸 거야.'

물론 일부 국정원 세력이 한선구에게 줄을 댄 것은 사실이다.

하지만 그건 어디까지나 한선구가 국회의원이고 강력한 대통령 후보 중 한 명이어서 그런 거지, 그가 간첩이라고 하면 절대 줄을 대지 않았을 거다.

문제는 국정원이 간첩에게 넘어갔다고 공중파에 때린 이상, 국정원은 자신들의 깨끗함을 증명하기 위해 사정없는 감사와 사정의 칼날을 휘두를 거라는 거다. 당연히 종종 국정원 요원들에게 정보를 받은 자신들이 가장 먼저 그 대상이 될 테고 말이다.

"당분간은 몸을 사리자. 누구도 만나지 말고."

한선구는 그렇게 말하면서도 머릿속이 복잡했다.

'어째서……?'

그는 인질범, 즉 소영호 앞에서 동료의 머리를 날려 버렸다.

그런데 소영호는 어째서인지 자신의 존재를 감췄다.

'도대체 뭔 짓을 하려고 하는 거야?'

감을 잡을 수 없는 상황. 한선구는 눈을 찌푸렸다.

소영호가 도대체 뭘 노리는 건지 도무지 알 수가 없었다.

"일단 당분간은 조심해야 해."

"네, 의원님."

"절대로, 누구도 믿지 마. 혹시라도 떠보려고 하는 놈이 있을 수 있으니까."

한선구가 그렇게 말하는 그때, 빼꼼히 문이 열리면서 보좌관이 들어왔다.

"저기, 의원님."

"또 왜?"

그의 눈빛을 보면서 한선구는 심장이 철렁했다.

그는 자신의 보좌관임과 동시에 북에서 보낸 감시책이다. 그런 만큼 이런 상황에서 부담스러울 수밖에 없었다.

"기자들이 왔습니다."

"기자들이?"

가슴이 철렁하는 한선구. 설마 그가 간첩인 것이 드러난 것일까?

이것이 법이다

'아니야, 그럴 리 없어.'

그랬으면 기자들이 아니라 국정원이나 경찰이 왔어야 한다.

기자들이 아무리 빨라도 그들보다 빠를 리 없다.

물론 다른 의원들이 손절한다면 모르지만, 증거도 없는 상황에서 그런 일이 일어날 리 없다.

"인터뷰를 하고 싶다고 하는데요."

"인터뷰?"

"네. 이번 상황에 대해 인터뷰를 하고 싶다고 합니다."

"끄응……."

한선구는 눈을 찌푸렸다.

⚖

"왜 한선구를 직접 노리지 않았냐고?"

사무실에 찾아온 오광훈의 물음에 노형진은 피식 웃었다.

"그래. 사실 거기서 한선구가 간첩이라고 해도 되는 거 아니야?"

"그래도 되기는 하지. 그런데 그걸 누가 믿어?"

스스로 국정원 요원이라고 주장하는 인질범.

그 상황에서 한선구가 간첩이라고 아무리 말해 봐야 정부 입장에서는 그냥 미친놈이라고 일축해 버리면 끝이다.

"하지만 그의 존재를 확인하고 명확하게 특정한 상황에서 그런 이야기가 나오기 시작하면 신빙성을 더하지."

"하지만 그의 존재는 없는 존재 아니야?"

오광훈은 그가 기록상 존재하지 않는 사람이라는 걸 인정했고 군 역시 그의 존재를 특정할 수 없다고 발표했다.

한국 사람이지만 존재하지 않는 사람.

과거에는 있었지만 현재에는 없는 사람.

"그게 그가 국정원 요원이라는 사람들의 생각에 불을 지필 거야."

딱 맞지 않는가? 어느 순간 사라진, 신분을 증명할 수 없는 남자.

사람들이 생각하는 스파이의 특성과 정확하게 일치한다.

"그런 식으로 그의 존재가 과연 누구인가라는 사실을 사람들에게 일깨우는 게 더 우선이지."

웃기지만 그의 존재가 부정되었기에 그가 하는 말에 신빙성이 더해지는 상황이 된 것이다.

"그리고 이런 경우에 가장 극렬하게 반응해야 하는 존재가 누구일까?"

"그거야 한선구 아냐?"

오광훈은 시선을 책상에 있는 신문 쪽으로 내리며 말했다.

국회의원 중에 간첩이 있다는 말. 그건 반공을 기치로 하는 자유신민당에는 아주 훌륭한 떡밥이었다.

"만일 거기서 한선구가 간첩이라고 발표했다면 자유신민

당에서는 어떻게 해서든 실드를 쳤겠지. 아마도 소영호 씨가 정신이상이라든가, 기록이 없는 걸 봐서는 중국인이 아니냐는 식으로 몰아갈 수도 있고."

"동생이 있잖아."

"사람들은 믿고 싶은 것만 믿잖아. 아마 그것도 조작이라고 주장할 테지."

노형진은 피식 웃으며 말했다.

"그런데 자유신민당은 매일같이 민주수호당이 종북이라고 주장하잖아. 그러니 간첩이 있다고 하면 당연히 그쪽에 있다고 게거품을 물겠지."

"아! 뭘 노리는지 알겠네. 그렇게 난리를 쳐 두면 나중에 한선구가 범인이라고 해도 실드를 칠 수가 없겠네!"

오광훈도 노형진이 뭘 노리는지 알아차렸다.

저들이 한선구를 방어하는 걸 막기 위해 이렇게 복잡한 과정을 밟고 있는 것이다.

"그리고 언론사에서는 자유신민당에서 가장 극렬하게 빨갱이를 외치는 사람에게 가겠지. 그게 이슈가 되니까."

아이러니하게도 그건 다름 아닌 간첩인 한선구다.

그러니까 한선구는 자신을 잡아서 강하게 처벌해야 한다고 말해야 하는 상황이 된 것이다.

"만일 한선구가 거기서 이건 좀 알아보자, 아니면 정치적 음모가 있다는 식으로 말을 하면, 그 순간 한선구와 자유신민당은 상황이 확 바뀌지."

그들은 북한을 극도로 혐오한다.

그런데 그렇게 말한다는 건 그들이 켕기는 것이 있다는 소리가 될 수밖에 없다.

"결과적으로 사실이 드러났을 때 자유신민당은 보호는커녕 철저한 처벌을 요구할 수밖에 없지."

그리고 그 과정에서 자유신민당의 극단적 이념 전략은 손상될 수밖에 없다.

간첩이 사무총장을 하던 당이니까.

"그러니 그들의 손발을 다 묶고 시작할 수 있는 거지."

결국 그들은 한선구를 지켜 줄 수 없다.

"당장 한선구 스스로가 빨갱이를 때려잡아야 한다고 게거품을 문 상황이잖아?"

노형진은 느글거리면서 웃었다.

"만일 한선구가 조금이라도 저항하거나 자유신민당이 한선구를 보호하려고 하면 국민들이 반박할 수 있게 되는 거지. 너희들은 간첩을 잡는 걸 반대하는 거냐고."

"아주 빼도 박도 못할 함정이구나."

"그렇지."

노형진은 고개를 끄덕거렸다.

"그리고 다른 함정도 있고."

"다른 함정?"

"그래. 한선구는 이걸 알 거야. 알 수밖에 없지. 소영호 앞에서 동료의 머리에 총알을 박아 넣은 녀석이니까."

그러니 한선구는 소영호를 모를 수가 없다.

그리고 소영호가 입을 열까 두려워하고 있을 것이다.

"그러니까 어떻게 해서든 입을 막을 방법을 찾겠지."

노형진은 눈을 반달로 휘었다.

"과연 어떤 방법을 쓰겠어? 후후후."

⚖

쾅!

한선구는 주먹을 꽉 쥐었다.

테이블을 얼마나 강하게 내리쳤는지 손이 아플 만도 하건만, 그는 아픔조차도 제대로 느낄 수가 없었다.

"개 같은 새끼들!"

어떻게 해서든 소영호의 입을 막아야 했다.

그런데 그 소영호는 현재 감옥에 있다.

좋게 말해서 감옥이지, 사실상 보호를 받고 있는 상황이다.

죽이고 싶지만 죽일 수가 없는 상황.

"의원님, 이대로는 문제가 커질 겁니다."

"이대로 죽을 수는 없어. 당장 동원할 수 있는 방법이 없나?"

"이미 그는 군 형무소에 들어가 있습니다. 철저하게 독방을 쓰고 있고, 스물네 시간 감시 대상입니다. 처치할 수가 없습니다."

주유진은 진땀을 흘렸다.

이대로 걸리면 자신의 인생은 끝장이기 때문이다.

그는 원래 주사파, 그러니까 주체사상을 추앙하는 모임 출신이었다.

그는 그다지 눈에 띄지는 않았지만 그 와중에 어떻게 한선구와 일하게 되면서 그에 의해 북한의 공작원으로 훈련받았다.

그런데 당장 지금 한선구가 핀치에 몰린 상황이다.

만일 그가 간첩으로 드러나면 자신 역시 멀쩡할 수는 없다.

"끄응…… 그 녀석이 뭐라고 지껄였다던가?"

"자기는 국정원의 블랙 요원이라고, 세 명을 죽인 것은 자신이라고 했다더군요."

"미치겠군."

차라리 그가 사실을 말했다면 정신이상이라고 주장하면 그만이다. 하지만 그는 절대 한선구에 대해서는 말하지 않고 있다.

그러니 더 두려워서 죽을 것 같았다.

"다른 건?"

"다른 거라고 하시면……?"

"국정원에서는 뭐라고 하느냐고!"

"그런 요원은 없다고 이야기는 했습니다만……."

국가에 속한 대부분의 정보 집단은 긍정도 부정도 하지 않는다. 하지만 이번 경우는 국정원에서 절대 아니라고 주장하고 있었다.

"하지만 그 증거가 없어서……."

"아니, 그 소속이 아닌 걸 어떻게 증명해!"

없는 걸 증명하라는 꼴이 아닌가? 그건 불가능하다.

"다른 장군들은 뭐래!"

"자기들은 해 줄 수 있는 게 없답니다, 그를 인정한다는 건 아무래도 여러 문제가 있기 때문에……."

그를 북파 공작원으로 인정하는 것은 여러 가지 심각한 문제가 된다.

일단 규정을 어기고 북파 공작원을 보냈다는 것도 문제지만, 진짜 북파 공작원이라면 그에 대한 보상도 해 줘야 한다.

'진짜 북파 공작원이라고 인정하는 것부터가 문제야.'

한선구는 소영호의 눈앞에서 동료를 죽였다.

그뿐만 아니라 한선구 자신이 알고 있던 모든 북파 공작원과 북파 간첩을 죽이는 데 도움을 줬다.

당연히 소영호는 본인이 북파 공작원이라는 것이 인정되는 순간 한선구가 그런 행동을 한 것을 신고할 수 있는 신빙성이 인정되는데, 그러면 한선구는 끝장이다. 그와 관련된 모든 세력이 모조리 날아갈 테고, 인맥이고 뭐고 다 사라질 것이다.

'이건 예상하지 못한 문제야.'

아무리 군이 썩었다고 해도 북한은 심각한 문제다.

돈 때문에, 권력 때문에 한선구와 손잡았던 장군들은 빠르게 손절할 게 뻔하다.

아니, 도리어 어떻게 해서든 그를 잡으려고 할 것이다.

그래야 자신들이 몰랐다는 걸 증명할 수 있을 테니까.

'그런다고 해서 죄가 사라지지는 않겠지만.'

아무리 국회의원이라고 생각해서라지만, 군 기밀을 한선구에게 넘긴 것은 심각한 문제다.

"할 수 없지. 위험하지만 암살해야겠어."

"암살요?"

주유진의 얼굴이 하얀색으로 변했다.

"방법이 있나? 이대로는 우리가 죽을 거야."

"하지만 군 내부에 있는데요?"

"군 내부에 있다고 내가 못 죽일 것 같아? 내가 당에 올리기만 하면 적당한 사람을 배치할 거야."

"그런⋯⋯."

"걱정하지 마. 그 부분은 내가 알아서 할 테니까."

한선구는 눈을 부릅뜨고 확고하게 말했다.

하지만 주유진은 차오르는 불안감을 주체할 수가 없었다.

⚖️

주유진은 하루하루가 살얼음판을 걷는 느낌이었다.

혹시나 당장이라도 경찰이 찾아오지 않을까, 혹시나 누군
가 자신을 잡아가지 않을까 하는 생각에 잠도 제대로 자지
못했다.

그런 상황에서 그를 찾아온 남자의 말은 주유진의 손을 덜
덜 떨리게 만들었다.

"왜? 우리가 못 올 곳을 왔소?"

"아니, 그건 아니지만……."

한선구가 아닌 자신을 찾아온 남자들.

그들은 당 지도부라고 소개했다.

문제는 그들이 언급한 당이, 그가 속한 자유신민당이 아니
라는 것이었다.

"존엄께서는 이번 상황을 아주 불쾌하게 생각하고 계시
오. 우리가 수십 년간 만든 시스템을 한선구가 모조리 날려
버릴 판국이오."

"그건……."

"한선구 의원이 우리에게 해 준 것은 많소. 그래서 우리도 믿
고 도와줬지. 하지만 그는 이번에 심각한 문제를 저질렀어."

"……."

주유진은 침묵할 수밖에 없었다.

그 말이 맞다. 한선구가 최선을 다해서 사건을 무마하려고
하고 있지만 방법이 없다.

"당에서는 그의 충성심을 의심하고 있소."

"그게 무슨 말입니까!"

"당에서 그에게 외화벌이를 요구했소. 그런데 한선구는 할당치를 보내지 않더군."

외화벌이. 지금 북한이 사력을 다해서 매달리는 것이다.

그래서 한선구에게 돈을 보내라고 했다.

"안전한 계좌를 줬소. 그러나 그는 단 한 푼도 넣지 않았소."

주유진은 정신이 아찔해졌다.

한선구가 북한에 불만을 가지고 있다는 건 안다.

그럴 수밖에 없다.

그가 정치권에 들어올 때만 해도 팍팍 밀어주던 그들이었지만 지금은 공작비를 보내 주기는커녕 도리어 당을 위해 돈을 보내라고 닦달하는 게 현재 북한의 상황이다.

아무리 한선구가 살기 위해 변절했다지만 한국이 훨씬 더 잘살고 북한은 이제 한국을 이기지 못할 거라는 걸 모르지는 않는다.

그것만 해도 짜증 나 죽겠는데 힘들게 모은 재산을 당에 헌납하라? 그걸 한선구가 그대로 이행할 리 없다.

어차피 북한에서는 정보를 건네는 동안에는 그 자신을 어쩌지 못할 거라 생각한 것이다.

하지만 그건 그의 생각일 뿐이었다.

"최고 존엄은 우리 당을 무시하는 자는 필요 없다고 생각하시오."

"그게 무슨 말입니까?"

"슬슬 패를 '바꿔야' 한다는 거지."

주유진은 움찔했다.

"그가 유일한 국회의원도 아니고, 당을 위해 충성을 바치는 것도 아니지. 심지어 당의 명령을 거부한 데다 그 꼬리가 드러날 상황이오. 그러니 우리가 그를 유지할 이유가 없지."

"꼬리라니요?"

주유진은 상황을 이해 못 하겠다는 듯 물었다.

그리고 진실을 알게 되었을 때, 그는 정신이 아득해졌다.

"한선구가 북에 왔을 때 그는 그 소영호라는 자와 같이 잡혔소. 그리고 동료를 소영호 앞에서 총살했지."

"그, 그런……!"

"소영호 그자가 왜 그걸 말하지 않는지 그건 모르오."

남자는 그렇게 말하면서 주유진을 바라보았다.

"하지만 소영호는 당신이라는 존재를 모르지."

"저라는 존재요?"

"그렇소. 소영호는 국정원 요원이 아니오. 북한에서 고정간첩 노릇을 한 것도 아니야. 그는 아오지에 있었소."

연이어 터지는 충격적인 말에 주유진은 입술이 바짝바짝 말랐다.

"우리는 그가 한선구를 잡도록 둘 수는 없소. 무슨 소리인지 알겠소?"

"무슨 뜻인지 알겠습니다."

한선구는 현재 정치권에 만들어진 간첩 시스템의 핵심이다.

당의 모든 명령은 그를 통해 전달되고, 그의 목표는 정치권 내부에 스파이들을 심는 거다.

그는 계속 그 일을 해 왔다. 그것도 아주 제법, 잘해 왔다.

주유진의 경우만 봐도 그렇다.

사실 그는 주사파라는 것 말고는 딱히 아무것도 없었다. 그러나 한선구는 주유진을 무려 3선 의원으로 만들어 주었다.

"하지만 그가 잡히면 다른 동지들이 위험해지지."

남자의 차가운 말.

주유진은 그게 뭘 의미하는지 알았다.

"한선구를 제거하실 생각입니까?"

"지금 상황에서 우리가 그에게 접근하는 건 위험한 일이지. 그에게 관심이 쏠려 있으니까. 하지만 당신은 아니지, '동지'."

동지라는 말에 주유진은 침을 꿀꺽 삼켰다.

그 말은 이제 드러난 한선구를 쳐 내고 그를 핵심으로 삼겠다는 소리니까.

"당신이 대통령이 되었을 때를 생각해 보시오. 당신은 당의 절대적 영웅이 될 거요."

"절대적 영웅……."

주유진은 정신이 몽롱해졌다.

물론 자신이 북한에 넘어갈 일은 없다.

하지만 북한에 어마어마한 보상을 받고 정보를 넘길 수는 있다.

"주유진 동지. 이제 한선구를 제거하시오. 우리가 도와주겠소."

그 말은 암살할 사람을 보내 주겠다는 소리다.

다음 순간, 주유진은 자신도 모르게 고개를 끄덕거렸다.

한선구를 대신해서 대한민국을 호령하는 자신의 모습이 그의 머릿속에서 선명하게 그려지고 있었다.

⚖️

컴컴한 숲을 달리는 차 안.

한선구는 짜증 난 얼굴로 앉아 있었다.

누군가가 자신을 급하게 만나길 원한다는 주유진의 말 때문이었다.

"의원님, 이 문제에 대해 꼭 뵙겠다는 분이 계십니다."

"도대체 누구이기에 이 밤중에 우리가 움직여야 한단 말인가?"

"군에 계신 분입니다. 소영호에게 접근할 수 있기는 하지만, 적당한 대가를 달라고 하십니다."

"끄응……."

한선구는 눈을 찌푸렸다.

그 적당한 대가가 절대 싸지 않을 거라는 걸 느낀 것이다.

"그걸 위에서 줄 리는 없으니 결국 내가 지불해야겠군."

"어쩔 수 없습니다, 의원님. 이마저도 최선을 다해서 구한 겁니다. 지금 소영호 그 인간은 모두의 관심을 받고 있습니다. 군 내부에서 그가 죽으면 분명 군 내부에 대한 대대적인 감사가 벌어질 겁니다."

"큭."

한선구는 부정할 수가 없었다.

소영호는 국방부 장관의 가족을 인질로 잡고 군 내부 청소를 요구했다.

그가 자수하면서 지금이야 잠잠해졌다지만, 그가 죽으면 상황은 돌변한다.

핵심 증인이 군 내부에서 죽은 것이니 감사가 벌어지지 않을 수가 없는 사항이다.

"아시다시피 몇 년 전 군 내부에서 이적 행위자들이 발각되어 발칵 뒤집어지지 않았습니까? 이번에 그가 죽으면 또다시 이적 행위자에 대한 대대적 감사가 이루어질 수밖에 없습니다."

"끄응…… 그렇겠군."

그 와중에도 안전하게 벗어날 정도의 능력이 있다면 절대 낮은 자리에 있는 자는 아닐 테니 그가 요구하는 돈은 절대 적은 돈이 아닐 것이다.

"어쩔 수 없지, 모든 걸 다 잃을 수는 없으니."

한선구는 어쩔 수 없이 주유진을 따라 어디론가 향했다.

그가 어두운 숲에 도착했을 때, 맞은편에 있던 차량에서 몇몇 사람들이 내렸다.

"반갑소이다. 나 한선구요."

그는 악수하기 위해 앞으로 다가갔다.

그러나 곧 멈출 수밖에 없었다.

상대방이 내민 것은 악수하기 위한 손이 아니라 그 손에 들린 권총이었기 때문이다.

"민족의 원수 한선구. 네놈을 기다리고 있었다."

"민족의 원수?"

"최고 존엄께서는 네놈의 배신행위에 실망하셨다."

"최…… 최고 존엄이라니! 배신이라니!"

한선구는 아차 싶어서 주유진을 돌아보았다.

지금까지 주유진에 대한 모든 지령은 그 자신이 내렸다.

'자신'을 통해 말이다.

그런데 주유진이 직접 지령을 받았다?

"서, 설마…… 나를 팽하려는 것이냐!"

"멍청하게 굴어서 최고 존엄 김정은 동지의 이름을 더럽히는 네놈을 가만둘 수는 없지."

한선구는 정신이 아득해졌다.

자신이 권력을 잡은 후 알게 모르게 북한의 말을 거부한 것은 사실이다.

자신의 자리 때문에 북한이 자신을 어떻게 하지 못할 거라 생각했으니까.

"그, 그건 오해요! 오해! 나는 당과 수령에게 충성했소!"

"그런데 왜 돈을 보내지 않은 거지?"

"도, 돈은 당에서 공작비를 보내지 않아서 어쩔 수 없었소! 다른 정치인들을 포섭하기 위해서는 돈이 필요했단 말이오!"

"말은 그럴듯하게 하지. 하지만 제대로 포섭된 사람이 얼마나 되나?"

"거, 거의 넘어왔소! 몇몇은 거의 넘어왔단 말이오! 하지만 그들은 적당한 대가를 요구하고 있소!"

"대가? 당에 대해, 대가? 우리를 지탱하는 것은 당에 대한 충성이다!"

"젠장! 약점을 잡아야 할 거 아니오! 일단 한 번만 주고 약점만 잡으면……!"

"그건 우리 주유진 동지가 할 거다."

"그, 그런……."

한선구는 정신이 아득해졌다.

"꿇려."

"아, 안 돼!"

남자들이 그를 붙잡아 끌고 간 곳은 미리 파 둔 구덩이 앞이었다.

이것이 법이다

주유진은 차마 그쪽을 볼 자신이 없는지 멀찍이 떨어진 곳에서 고개를 돌리고 있었다.

"민족의 반역자 한선구! 네놈을 친애하는 최고 존엄인 수령 동지의 명령에 따라 처단한다."

"아, 안 돼!"

한선구는 뒤통수에서 느껴지는 차가운 총구의 느낌에 비명을 질렀다.

"기분이 어떤가?"

그 순간 들려오는 낯선 목소리.

"뭐, 뭣?"

"네놈이 했던 그대로 당하는 기분 말이야."

뒤통수에 닿은 차가운 총구의 느낌.

그런데 정작 총은 발사되지 않았다.

도리어 총구는 머리에서 멀어졌다.

그리고 어둠 속에서 몇몇 사람들이 걸어 나왔다.

"네, 네놈은……."

그중 한 인물의 모습을 보고 한선구는 이를 빠드득 갈았다. 자신이 가장 죽이고 싶어 했던, 자신이 가장 두려워했던 존재. 소영호였다.

"어, 어떻게……."

상황을 이해한 한선구와 다르게 주유진은 정신을 차리지 못하고 허둥거렸다.

그러자 소영호 뒤에 있던 노형진이 앞으로 나오면서 차갑게 말했다.

"이런 게 점조직의 함정이지요. 점조직은 찾기가 힘들고 박멸도 힘들어요. 하지만 반대로 놓고 보면, 점조직은 같은 편조차 특정할 방법이 없기 때문에 누군가가 제대로 알고 사칭하고 나서면 그를 믿을 수밖에 없거든요."

"사칭?"

"간첩 조직은 기본적으로 점조직이지요."

그 말은, 주유진은 한선구의 라인 위쪽은 모른다는 걸 의미한다.

"그런데 적당한 이유를 대고 한선구를 축출한다고 하면 당신 같은 사람은 믿을 수밖에 없지요."

"그, 그런……."

털썩 주저앉는 주유진.

"점조직에서 하나가 빠지면 누군가는 그 자리를 채워야 하니까, 당연히 한선구가 사라지면 당신이 그 자리를 메울 거라 생각했겠지."

노형진은 주유진을 바라보면서 비웃음을 날렸다.

"물론 그런 일은 없지만."

한선구도, 주유진도 생각지도 못한 사태에 멍하니 넋을 놓고 있다가 소리를 버럭 질렀다.

"내가 누구인지 알고!"

뒤에 있던 오광훈이 피식 웃으며 앞으로 나섰다.

"잘 알지, 간첩 새끼야."

"나…… 나 한선구야! 자유신민당 사무총장 한선구라고!"

"그래, 알아. 그러니까 더 문제인 거야. 과연 자유신민당에서 뭐라고 하는지 두고 보자고."

오광훈은 거칠게 그의 팔을 뒤로 꺾으면서 수갑을 채웠다.

"아악!"

"한선구! 네놈을 간첩 혐의로 체포한다!"

한선구는 어떻게 해서든 저항하려고 했다.

나름 북파 공작원 출신이라고 잠깐 버티는 듯했지만, 그마저도 오래가지 못했다.

"어?"

갑자기 달려든 소영호가 그를 그대로 들어서 바닥에다가 집어 던진 것이다.

"끄아악!"

뒤로 돌려져 있던 팔이 부러지면서 비명을 지르는 한선구.

소영호는 그런 그의 비명을 들으면서 미소를 지었다.

"이게 내가 살아 있는 이유다."

"내 팔……! 내 파아알!"

한선구의 찢어지는 듯한 비명 소리가 밤하늘에 울려 펴지고 있었다.

“자유신민당은 난리가 났다고 하더군.”

송정한은 흡족한 표정이 되었다.

“한선구와 주유진이 간첩인 것도 충격적인 일인데 한선구에게 포섭된 사람들까지 있다고 하니……”

“아무래도 반공을 기치로 버텨 온 자유신민당에는 치명적인 타격이겠지요.”

“그래. 그렇다고 막을 수도 없는 노릇이고.”

조사 결과 한선구에게 정보를 건넨 것으로 밝혀진 국정원 요원들과 장군들이 줄줄이 잡혀 들어가고, 한국은 어느 때보다 반공을 외치는 상황이 되었다.

“그런데 정작 평소에 반공을 외치던 그들이 거기에 끼지를 못하고 있으니 아무래도 죽을 맛이겠지.”

끼기는커녕, 자신은 빨갱이가 아니라는 걸 증명하기 위해 사력을 다해야 했다.

말로는 절대 아니라고 하지만 당장 한선구와 주유진만 해도 빨갱이라면 게거품을 물던 사람들인 만큼 말만으로는 아무런 효과도 없었고, 당연히 돈을 받거나 의심스러운 조직에서 지원을 받은 자들을 확인하기 위해 계좌 조사가 시행되었다.

그리고 그 안에서 의심스러운 계좌들이 속속 드러나고 있었다.

"아마 자유신민당은 이번에 타격이 엄청 클 걸세."

"국정원은요?"

"뭐, 언제나처럼 꼬리를 자르고 말겠지. 알지 않나? 국정 원은 정치인들의 비리를 너무 많이 알고 있어."

그리고 정치인들은 그걸 알기에 국정원을 거의 건드리지 못한다.

"뭐, 이런 분위기가 오래가지는 않을 겁니다."

"그렇겠지?"

송정한은 쓸쓸한 표정으로 말했다.

그도 이제 제법 정치인 티가 난다.

오래 경험한 건 아니지만 이 바닥이 어떻게 굴러가는지는 대충 알고 있었다.

"국정원에서 조만간 민주수호당 사건들을 터트릴 겁니다. 아마도 물타기를 하겠지요."

그렇게 함으로써 그들은 자유신민당을 보호하고 사건을 덮으려고 할 것이다.

언제나 그랬다.

"이번에는 쉽지 않겠지만, 하기는 하겠지."

고개를 끄덕거리는 송정한.

"하지만 그래도 이번에 정당 내부에 있는 간첩 세력을 일 소한 것은 큰 이득이야."

"그렇기는 하지요."

노형진은 그렇게 말하면서도 눈을 찌푸렸다.

"다만 다 잡아들이지 못한 것 같기는 하지만요."

철저한 점조직. 그게 간첩들의 방식이다.

지금이야 자유신민당에 포성이 몰렸지만 민주수호당이라고 방심할 수도 없다.

"아마 그들을 다 찾아내려면 좀 오래 걸릴 겁니다. 당분간은 몸을 사릴 테니까요."

"다만 민주주의가 후퇴한 게 좀 걱정되기는 하는데……."

아니나 다를까, 군에서는 이번 기회를 이용해서 문민 통제에서 벗어나려는 행동을 하고 있었다.

"진짜 답이 없다니까요, 정치라는 것은."

노형진은 그저 한숨을 쉬는 것 말고는 할 수 있는 게 없었다.

"그래서 자네가 정치를 안 하는 거 아닌가? 후후후."

커피를 입으로 가져가면서 송정한은 미소를 지었다.

"그 부분은 이제 내 일이니 걱정하지 말게. 나는 그래도 나름 자신이 있거든."

그의 눈이 반달처럼 휘었다.

한 장의 사진

  노형진은 '띠링' 하는 알림음을 듣고 무심결에 문자를 열었다가 기겁했다.

  그리고 그 문자를 보낸 사람에게 전화해서 언성을 높일 수밖에 없었다.

  "야! 손채림! 뭐 이딴 사진을 보내! 심장 떨어질 뻔했잖아! 장난하는 것도 아니고!"

  ─어? 벌써 봤어? 그렇잖아도 전화하려고 했는데. 이 시간에 어떻게 봤어?

  "이 시간이고 나발이고! 아니, 장난이 너무 심하잖아!"

  늦은 밤, 야근을 하다가 진짜 심장이 철렁하는 줄 알았던 노형진.

"아직도 심장이 미친 듯이 뛴다. 아, 씁."

―야근 중이었구나.

"제발 이런 장난 하지 마라. 나이가 몇 살인데."

한 장의 사진.

그건 걸레짝이 되어 버린 사람들의 사진이었다.

흐릿하게 찍히기는 했지만 상당히 피골이 상접해 있는 듯
보였고 여기저기 피가 묻어 있었다.

아마도 누군가 봤다면 좀비라고 생각하고도 남을 사진이
었다.

―장난 아니야. 너무 다급해서, 자고 있을 것 같긴 했지만
그거 보내고 전화하려고 한 거야.

"장난이 아니라고? 아니, 그러면 누가 이걸 보내 줬다는
거야?"

―그래.

"아니, 어떤 미친놈이? 우리한테 도발하는 거야?"

다른 곳도 아니고 마이스터와 미다스다. 그 뒤끝이 아주
안 좋은 건 당연한 일이다.

―아니, 그건 아니야. 협박은 아니고, 우리 직원 중 한 명
이 보낸 거야.

"직원? 아니, 왜? 그놈, 미친놈인가?"

―그게 아니라, 그게 자기 클라우드에 올라왔대.

"뭐?"

노형진은 순간 귀를 의심했다.

"클라우드라니?"

─사실은 직원 중 한 명이 핸드폰을 잃어버렸어.

아스가르드는 전 세계를 돌아다니면서 일한다.

그래서 어디서 핸드폰을 잃어버렸는지 알지 못해서 찾는 걸 포기하고 어쩔 수 없이 새 핸드폰을 사서 들고 다녔다고 한다.

─그런데 아까 전에 클라우드에 있는 사진을 정리하려고 프로그램을 켠 모양이야.

클라우드는 자동 파일 저장 서비스를 지원한다.

핸드폰에 담겨 있던 사진은 핸드폰이 부서지거나 잃어버리면 사라지기 때문이다.

"그런데?"

─그런데 사진을 정리하다가 그 사진을 발견했대.

"이걸 발견했다고?"

─그래. 한 장뿐이지만 사진 속의 상황이 정상적이지 않잖아. 처음에는 무슨 분장인가 싶었는데, 아무리 봐도 분장은 아닌 것 같고.

"미친……."

그러니까 직원은 핸드폰을 자동 업데이트 상태로 둔 것이다.

그런데 그걸 잃어버렸고, 이후 누군가 그 핸드폰으로 사진을 찍은 것이다.

문제는 프로그램이 그런 걸 구분하는 능력이 없으니 일단 찍은 사진은 모조리 올린다는 것이다.

　당연히 직원은 그 올라간 사진 중에서 쓸데없는 사진들을 지우기 위해 클라우드에 접속했고…….

　－지금 다급하게 도움을 요청해서 보낸 거야. 사진 한 장만 가지고 신고하자니 애매해서.

　"잘했어."

　핸드폰을 잃어버렸다는 것은 이 사진이 어디서 찍혔는지 모른다는 소리다.

　－사진에는 여러 사람들이 찍혀 있었어. 그래서 일단 너한테 전화한 거야. 어떤 나라에서 벌어진 일인지도 모르니까.

　"알았다."

　노형진은 다시 한번 핸드폰을 힐끔 보았다.

　방금 전까지 몰려오던 잠이 한꺼번에 사라진 느낌이었다.

　"내가 좀 알아볼게."

　노형진은 사진을 뚫어져라 보면서 조용하게 중얼거렸다.

　"이 상황에 대해 어떻게 생각해?"

　"뭔 사진이야? 뭐, 영화 현장? 아니면 그 뭐냐, 귀신 나오는 서양 축제?"

노형진에게 불려 온 오광훈은 사진을 보면서 불편한 듯 물었다.

하긴 보기 좋은 사진은 아니니까.

"할로윈 말하는 거야?"

"아, 그래, 할로윈. 그것 같은데?"

이제는 아예 시선을 돌리고 시큰둥하게 말한다.

"아니야. 자세히 봐 봐."

"뭘 자세히 보라는 거야?"

"얼굴 말고, 몸과 다리를 보라고."

"몸과 다리?"

오광훈은 그 부분을 바라보았다.

그리고 그제야 뭔가 이상하다는 생각을 한 듯했다.

"분장치고는 너무 말랐는데?"

아무리 사람이 분장을 잘한다고 해도 근본적으로 두께라는 게 있다.

그래서 영화에서 그런 장면을 넣을 때는 어쩔 수 없이 CG를 넣어야 한다.

그런데 화면에 보이는 사람들은 바짝 마른 모습이었다.

거의 뼈만 남다시피 한 몸뚱이, 거의 찢어진 허름한 옷, 그리고 다리 아래쪽에 보이는 물건.

"족쇄?"

그건 족쇄였다.

그것도 뭔가에 고정되어 있는 듯한 족쇄.

"이거 뭐야? 정말 영화야?"

"아무래도 영화가 아닌 것 같아."

"뭐? 그게 무슨 소리야?"

"사실은 제보가 들어온 거야."

노형진은 차분하게 말을 꺼냈다.

아스가르드의 어떤 직원이 핸드폰을 잃어버렸으며 그 사진이 찍혔다는 사실을.

"그게 클라우드에 올라왔다고?"

"그래."

"아니, 누가 이런 걸 찍었다는 거야?"

"모르지. 하지만 이 사람들을 봐서는 문제가 심각한 것 같아."

사람들은 완전히 뼈만 남은 상태에서 좁은 공간에 모여 앉아 있었다.

그리고 그들은 하나같이 강한 빛에 반응하듯이 눈을 손으로 가리고 있었다.

"한두 명도 아니고 다 이런다는 것은, 이 사람들이 상당 기간 빛에 노출되지 않았다는 걸 의미하거든."

"갇혀 있었다?"

"그래."

그리고 그게 맞는다면 이건 심각한 문제가 된다.

누가 봐도 노예 같은 모습이다. 그것도 제대로 먹지도 못

하는 그런 노예 말이다.

"흠…… 그건 알겠는데, 이건 나랑 상관없는 거 아닌가? 난 한국 검사잖아. 다른 나라에서 잃어버렸다면서?"

"그랬지."

노형진은 고개를 끄덕거렸다.

"사실 나도 사진을 보고는 신경 쓰지 말까 했어. 하지만 말이지, 이 사진 속 옷을 봐."

"옷?"

"그래. 걸레짝이 되었지만 여기 두 남자가 입고 있는 옷 말이야."

"음…… 그게 뭐 어때서?"

"저거 한국 브랜드야."

"뭐?"

"거의 알아볼 수 없지만 하드랜드라는 국산 잠바야. 그리고 알아보니까 딱히 수출은 안 하는 모양이더라고."

쉽게 말해서 내수용 브랜드라는 거다.

만일 수출한다고 하면 보통 다른 이름을 붙이고 말이다.

"내수용? 그러면 이 사람들이 한국인?"

"그럴 가능성이 있다는 거지."

오광훈은 사진을 뚫어지게 바라보았다.

완전히 바짝 말라서 알아보기도 힘든 얼굴.

그나마 확실히 알아볼 수 있는 것은 검은 머리카락뿐이다.

"이들이 왜 잡혀 있을까?"

"그건 나도 모르지. 하지만 한 가지는 확실해. 정당한 사법 체계로 인한 구속은 아니라는 거지."

요즘 같은 시대에 저런 식으로 족쇄를 채우고 죄수를 관리하는 나라는 없다.

설사 있다고 해도 최소한 감옥 같은 곳에 넣어 두지 저런 창고 같은 곳에 넣어 두지도 않는다.

엄밀하게 말하면 창고라고 보기도 힘들다.

"형태를 봐서는 아무래도 무슨 컨테이너 같아."

"컨테이너?"

"그래. 창문도 없고 모양도 길쭉해. 그리고 벽을 봐. 컨테이너 특유의 울퉁불퉁한 모양이 희미하게 보이지?"

그리고 그 아래로 용접된 고리에 연결된 족쇄.

"확실히 감옥은 아니네."

그리고 어지간히 시스템이 붕괴되지 않은 이상에야, 한국 사람이 잡혀 있다고 하면 그 나라 대사관에 이야기가 들어갈 수밖에 없다.

물론 대사관이 없는 나라도 있기는 하지만 최소한 영사관은 있으며, 영사관조차도 없는 나라라면 아예 시스템이 붕괴된 나라이기 때문에 한국이 들어갈 이유가 자체가 없다.

"이들의 상태로 보면 아무래도 노예 같아."

사진 속에서 한국인으로 추정되는 이들은 두 사람이지만

그들만 있는 게 아니다.

사진 속에 있는 사람들은 스무 명 정도였고 죄다 똑같이 족쇄를 차고 벽에 고정되어 있었다.

"노예?"

"그래. 바짝 마른 몸, 아무리 봐도 심각한 영양 결핍 상태, 거기에다 제대로 씻지도 못한 것 같고."

더군다나 옷 같은 것도 정상적인 상황은 아니다.

"정상적으로 취업한 사람이라면 이런 모습이 나올 리 없지."

"노예라고? 흠."

오광훈은 다시 한번 사진을 뚫어지게 바라보았다.

"그런데 왜 사진은 하나뿐인 거야?"

"아마도 사진을 찍고 나서야 클라우드에 올라간 걸 알았겠지."

사진을 찍으면 자동으로 클라우드에 올라가는 기능. 그건 확실히 쓸 만하다.

그리고 그 사진이 올라가면 자연스럽게 올라가기가 성공했다고 메시지가 뜬다.

"핸드폰을 주운 놈이 반쯤 장난삼아 찍은 모양이네?"

"그랬겠지."

그리고 클라우드에 올라갔다는 사실에 놀라서 다급하게 핸드폰을 버렸거나 부수었을 가능성이 높다.

그러니 사진이 한 장뿐이라고 해도 충분히 이해할 수 있는 일이다.

"여기가 어딘지는 알고?"

"보이는 게 없으니 알 수가 없지. 하지만 분석이 끝나면 나올 거야."

"분석?"

"요즘 디지털카메라에는 촬영 위치를 넣어 주는 기능이 있거든."

"그래? 그러면 여기가 본거지인 건가?"

"그럴 리 없지."

그러면 직원이 그들 본거지에서 핸드폰을 잃어버렸다는 건데, 그건 말도 안 된다. 그 직원이 그들과 함께 일하는 게 아니라면 말이다.

그리고 노형진은 아스가르드의 직원에 대한 보안은 누구보다 철저하게 한다.

그럴 수밖에 없는 게, 아스가르드에 탑승하는 사람들은 죄다 세계적인 부자나 세계적인 사업가다.

그들에게 뭔 일이라도 터지면 노형진도 세계도 큰 타격을 입을 수밖에 없다.

"상황을 봐서는, 아마도 사람들을 컨테이너에 싣고 옮기던 중이었지 싶어."

그러다가 핸드폰을 주운 것일 수도 있고 아니면 훔친 것일 수도 있다.

이런 일을 하는 놈들이 멀쩡한 놈들은 아닐 테니까.

"그러니 그들이 사람들을 납치했다고 봐야지."

"으음……."

"매년 해외에 나가서 실종되는 사람들이 얼마나 많은지 알지?"

그렇게 해외에서 실종된 사람들은 찾는 것 자체가 불가능하다.

실제로 노형진은 해외여행을 갔다가 납치되어 성 노예로 팔릴 뻔한 여자를 구해 준 적도 있다.

"여자는 성 노예로 팔리겠지만 남자는 노동력이지."

"노동력이라……."

"그리고 이 사진에 드러난 모습을 봐서는 그 노동력이 필요한 어딘가라는 거고."

노형진의 말에 오광훈은 고개를 끄덕거렸다.

그런 사건이라면 당연히 구해 와야 한다.

"다만 그 클라우드 사진 내에서 한정된 정보만 가지고 움직일 수밖에 없다는 건데……."

문제는 그게 쉽지 않다는 거다.

"노 변호사님, 바쁘세요?"

그 순간 다가오는 이수종.

"아니. 그렇잖아도 기다리고 있었다. 뭐 좀 나왔어?"

"어, 뭐 좀 나왔다고 하기도 뭐해요. 위치는 특정했지만요."

"어딘데?"

"호주요."

"뭐?"

노형진은 어리둥절한 표정이 되었다.

호주는 생각도 못 했으니까.

"호주?"

"네. 정확하게는 호주에 있는 사막 근처예요. 시간은 뭐, 대놓고 밤이니까 의미도 없고."

"혹시 말이야……."

노형진은 작은 희망을 가지고 물었다. 그 근처에 의심스러운 무언가가 있는지 말이다.

하지만 이수종은 고개를 흔들었다.

"그렇잖아도 이미 위성사진으로 확인해 봤어요. 아무것도 없어요. 아무것도."

"진짜 아무것도?"

"네, 보아하니 사막을 가로지르는 도로인 모양이에요."

"사막을 가로지르는 도로라…… 하아."

그러면 대충 상황이 나온다.

차량이나 뭐든 다른 걸 이용해서 그 컨테이너를 움직이고 있었다는 소리다.

"아니, 웬 뜬금없는 호주?"

"호주는 땅이 제법 넓지."

아직도 사람이 사는 땅보다 빈 땅이 더 많은 곳이 호주다.

그런 곳에서 사람 사라지는 것은 흔한 일일지도 모른다.

"더군다나 호주는 외국인이 많기로 소문났어."

"어째서?"

"기본적으로 호주는 다인종 국가니까."

백인이 많기는 하지만 애초에 호주 역시 미국처럼 이민자들이 만든 국가이기 때문에 다인종 국가다.

거기에다 영어권이라서 영어를 배우기도 쉽다.

더군다나 호주는 미국이나 영국보다는 물가가 싸다.

"그래서 워킹 홀리데이를 많이 가지."

"워킹 뭐시기? 비슷한 이름의 드라마를 본 것 같은데."

"워킹 홀리데이. 하나도 안 비슷해. 쉽게 말해서 취업 관광 비자야."

일반적으로 관광 비자로는 취업이 불법이다.

하지만 장기 여행을 하면서 그곳에서 일하며 그 경비를 버는 방법이 있었으니 그걸 보통 워킹 홀리데이, 즉 취업 관광 비자라고 한다.

한국은 호주와 그런 워킹 홀리데이 조약을 맺은 나라이고, 한국에서 상당한 숫자의 청년들이 워킹 홀리데이 비자로 호주로 간다.

"설마 거기서 실종된 걸까?"

"그럴 가능성이 높지."

노형진은 턱을 문질렀다.

"일반적으로 워킹 홀리데이는 1년까지 가능해. 그 말은, 장기 여행인 만큼 연락이 안 된다고 해도 가족들이 실종되었다는 사실을 알게 되기까지 시간이 오래 걸린다는 거지."

더군다나 좋게 말해서 여행 겸 노동이지, 호주의 노동환경은 그다지 좋지 못한 편이다.

애초에 단기 일자리 자체가 좋은 일자리가 나올 수도 없고, 상당수가 농장이고 일이 워낙 힘들어서 픽 고꾸라져서 잠드는 것이 대다수다.

"그러니 한국에서 이상을 알기 힘들지."

물론 매일같이 연락하던 사람이라면 쉽게 알겠지만 말이다.

"하지만 그렇다고 해도……."

노형진의 긴 한숨.

그리고 오광훈 역시 한숨을 푹 내쉬었다.

"안 봐도 뻔하다. 대한민국 대사관이 언제 제대로 일한 적이 있었냐?"

신고해 봐야 해외에 있다 보니 마냥 기다리라는 말만 할 테고, 진짜로 이상하다는 걸 안다고 해 봐야 대사관이 하는 건 그냥 호주 경찰에 실종 사실만 알려 주고 세월아 네월아 기다리는 것뿐이다.

그들을 찾기 위해 탐정을 고용하거나 공조수사 하는 경우는 전혀 없다.

"아무래도 우리가 움직여야 할 것 같지?"

노형진은 대사관을 믿느니 차라리 직접 움직일 생각이었다.

"쉽지는 않겠지만 말이야."

⚖️

한 해에 호주로 워킹 홀리데이를 가는 사람들은 수백 명에 달한다.

그들은 호주에 가서 영어를 배우고 세상을 배우고 싶다고 한다.

'현실은 그냥 싸구려 노예 취급이지만.'

어찌 되었건 부자가 아닌 대부분의 사람들은 그마저도 기회라고 생각한다.

"그런데 이 실종자들은 누굴까?"

"모르지. 하지만 영양 상태로 봐서는 실종된 지 좀 되었을 거야."

노동을 하기 위해서는 건장한 체격이 필수다.

그런데 몸 상태를 보면 상당히 말랐다.

그 말은 먹는 것도 최소한으로만 준다는 소리다.

"그걸 어떻게 알아?"

오광훈은 호주로 가는 비행기 안에서 노형진과 사건에 대해 이야기하고 있었다.

그래도 오광훈이 물어 온 사건이라서 그런지 검찰은 일단 그를 파견하기는 했다. 물론 그 과정에서 온갖 복잡한 절차가 있었지만 말이다.

"일단 옷을 보면 알지. 마른 상태여서 옷의 원래 사이즈를 확실하게 추측할 수는 없지만 무척이나 헐렁하잖아."

그 말은 원래 그 옷이 몸에 맞았다는 것이다.

"즉, 원래 체격이 좀 있던 사람이라는 거지."

그런데 잡혀서 노역을 하면서 살이 많이 빠졌다고 봐야 한다.

"그런데 호주에서 생각보다 실종자가 많네."

"어찌 되었건 호주도 마냥 안전한 나라는 아니니까."

물론 태국이나 동남아 쪽보다 치안이 안정된 것은 사실이나 기본적으로 백인 국가다 보니 인종차별이 상당한 편이었고, 워킹 홀리데이로 장시간 여행을 하다 보니 표적이 될 만한 기회도 많았다.

"더군다나 이런 워킹 홀리데이는 자국민 입장에서는 좀 안 좋게 보거든."

"이해가 안 가는데. 그게 나쁜 거야? 그냥 거기서 일해서 번 돈으로 여행한다는 개념이잖아?"

"그렇지. 하지만 자국민 입장에서 보면 외국에서 놀러 온 놈들이 자기들 직업을 빼앗는다고 생각하게 될 수도 있어. 아니, 그렇게 생각하지."

특히나 그런 경우 일하게 되는 근무처가 하층민들이 일하는 곳이 많다.

"그렇다 보니 워킹 홀리데이를 좋게 보지 않는 사람들이 많지."

"여전히 이해 불가능."

"이렇게 생각해 보면 될 거야. 한국에서 노가다라고 하면 보통 하층민들의 일거리잖아. 그런데 너는 잘 모르겠지만, 중국인들이 한국에 와서 일하면서 그 노가다를 아예 빼앗으려고 한 사건이 있었어."

한국 사람들은 무시하는 일자리일지 모르나 노가다 현장의 일당은 무척이나 센 편이다. 그럴 수밖에 없는 게, 일이 무척이나 힘든 것이 사실이니까.

"그런 사건을 한번 한 적이 있는데, 그 사건 당시에 과거에 노가다를 하던 사람들의 원한이 무척이나 크더라고."

노동 현장에서 같이 일하는 정도가 아니라, 세력이 커진 것을 이용해서 아예 한국인을 축출하고 자신들이 모든 권한을 다 빼앗으려고 했었기 때문이다.

그들이 그런 이유는 간단하다.

그렇게 하면 일을 주는 기업들이 눈치를 볼 수밖에 없기 때문이다.

일을 하루 쉬면 건설사 입장에서는 수억씩 손해다.

그런데 노동자를 보급해야 하는 권한을 중국 쪽이 가지고 가 버리면 기업은 그들의 눈치를 볼 수밖에 없다.

"아, 무슨 소리인지 알겠다. 결론적으로 밥그릇 싸움인 거네."

"그렇지. 아마 그들 입장에서는 워킹 홀리데이라는 것 자체가 놀러 온 놈들이 자기들 일자리를 빼앗는 거라고 생각할걸."

그렇다 보니 하층민들 사이에서 더욱 인종차별이 심해진다.

당연히 실종 조사에 대한 협조도 거의 이루어지지 않고.

"뭐, 대사관은 이루 말할 수도 없고."

노형진은 외교부 측에 실종 사건에 대한 자료를 요구했지만 그들은 기밀 자료로 분류된다면서 주지 않았다.

일단 사진이 있으니 실종자를 찾을 수 있을 거라 생각한 노형진이지만 애석하게도 그들이 도와주지 않아서 불가능했다.

결국 할 수 있는 것은 사진을 건네주고 실종자들의 가족에게 확인해 달라고 하는 게 다였다.

"무리겠지?"

"무리가 아니라 절대 안 할걸."

노형진이 외교부에 그런 부탁을 하기는 했지만 사실 기대는 하지 않았다.

그럴 수밖에 없는 게, 그들은 기밀이라서 못 준다고 했지만 노형진이 읽은 기억에 의하면 아예 관련 자료 자체가 없었다.

그러니 달라고 해도 줄 수가 없을 것이다.

"그런 상황에서 실종자 가족들을 찾는 것도 문제고. 실종자 가족들에게 연락하면 자신들이 일하지 않았다는 걸 인정하는 꼴이니까."

당연히 외교부는 어떠한 행동도 하지 않을 것이다.

그걸 예상하는 것은 어려운 일이 아니었다.

"일단 다행인 것은 호주에서 도와준다는 거지."

외교부는 글렀지만 호주에서 나름 도움을 주기로 했다.

물론 그것도 외교부의 힘이라기보다는 마이스터의 힘이다. 그나마 기적 같은 게 오광훈이 호주로 파견 나갈 수 있게된 거지만, 그것마저도 쉬운 건 아니었다.

"녹음 파일을 들고 흔들 줄은 생각도 못 했다."

처음에 오광훈이 출장을 보내 달라고 했을 때 검찰에서는 당연히 거절했다.

검사 파견 문제도 외교 문제라서 외교부의 허가를 받아야 한다면서 말이다.

물론 당연하게도 외교부는 거절했고.

"어차피 나는 막장이잖아?"

그러자 오광훈은 사진과 녹음 파일을 들고 당장 기자회견을 하겠다고 길길이 날뛰었고, 언론에 공개되면 가루가 되도록 까일 게 뻔한 검찰은 다급하게 외교부와 이야기해서 파견을 결정한 것이다.

"세상에 대한민국 검찰을 상대로 협박하는 놈은 너밖에 없을 거다."

"지들이 어쩔 건데? 내가 내부 고발하겠다는데!"

내부 고발을 했을 때 문제가 되는 것은 다름 아닌 원래 단체의 보복이다.

하지만 오광훈은 검찰에 애착도 없고 거기서 승진하고자 하는 생각도 없다.

그러니 그냥 막나가는 거고, 세상에서 가장 무서운 게 바로 막나가는 사람이다. 아무리 검찰이라고 해도 오광훈을 죽여 버릴 수는 없으니까.

"그나저나 찾을 수 있을까?"

"모르지."

그렇게 노형진과 오광훈은 이런저런 이야기를 하면서 호주로 향했고, 그곳에서 착륙하자마자 자신들을 기다리던 호주의 경찰을 만날 수 있었다.

"빌 조던이라고 합니다."

인사를 건넨 남자는 바로 노형진과 오광훈을 차에 태웠다.

"아무래도 거친 곳이 많아서 SUV를 가지고 왔습니다만."

"괜찮습니다. 그런데 저희가 보낸 사진은 확인하셨습니까?"

"네, 확인했습니다. 그리고 의심스러운 조직도 있고요."

"의심스러운 조직을 벌써 찾으셨다고요?"

빌 조던은 운전석에 앉아서 운전하면서 계속 말을 이어 갔다.

그런데 그의 말을 들어 보니 문제가 생각보다 심각했다.

"사진이 결정적인 증거가 되기는 하겠습니다만, 사실 의심스러운 상황은 오래되었거든요. 아마도 울트라화이트라는 놈들 같습니다."

"울트라화이트?"

"그렇습니다. 극단적 인종차별 단체입니다. 그들은 백인을 제외한 모든 유색인종은 노예로서만 가치가 있다고 주장하는 집단입니다."

"미친놈들이네. 하지만 그것만 가지고 의심하는 것은 아닐 테지요?"

"울트라화이트는 단순한 인종차별 단체가 아닙니다."

호주에는 인종차별 금지법이 있다.

그 때문에 대놓고 인종차별은 못 한다.

물론 황인이나 흑인에게는 이민 허가를 잘 내주지 않는 식의 인종차별까지는 어쩔 수 없지만, 기본적으로 사회에서의 인종차별은 아무래도 해당 법률 때문에 극단적으로 나오지는 않는다.

"그러면요?"

"그들은 범죄자들입니다. 거대 갱단이지요."

"거대 갱단?"

"그렇습니다. 울트라화이트는 기본적으로 백인으로 이루어진 갱단입니다. 우리가 단순히 인종차별 금지법으로 처벌하기에는 상당히 위험한 조직입니다. 그들은 상당한 양의 총기류를 가지고 있다고 판단하고 있습니다."

호주는 원래 총기 자유국이었다.

하지만 태즈메이니아섬 총기 난사 사건 이후에 자동소총

과 반자동소총 그리고 산탄총류의 개인 소유를 금지했고, 대대적으로 총기류를 수거해서 폐기했다.

하지만 그렇다고 해도 여전히 많은 총기류가 숨겨져 있고, 특히나 범죄 조직이라면 아예 자동소총을 소유하고 있었다.

"이러니저러니 해도 총기 사고가 세계 3위이니까요."

그렇게 총기를 수거하고 통제하려고 해도 호주의 총기 사고율은 상당히 높은 편이고, 그 때문에 경찰도 상당히 곤혹스러워하는 상황.

"울트라화이트는 그중에서도 상당히 오래된 조직입니다. 공공연하게 총기 소지 자유와 인종차별을 주장하고 있고요."

"공공연하게라……. 그러면 그 위치가 애매하겠군요. 범죄 조직이라고 말씀하시지만요."

노형진은 빌 조던의 말에서 이상함을 느꼈다. 범죄자들이라고 표현하면서 공공연하게라니?

"범죄 조직과 공공연하게라는 말은 좀 안 어울리는데요?"

'공공연하게'라는 말은 뭔가를 감추지 않고 대놓고 표현한다는 것이다.

하지만 범죄 조직에서 그렇게 할 수는 없지 않은가?

"그럴 수밖에 없지요. 그들은 극단적 극우 정당을 지지하고 있거든요."

호주에 있는 극우 정당인 프리오스트레일리아당, 쉽게 말해서 자유호주당.

그들은 사실 호주에서는 주요 정당도, 힘을 가진 정당도 아니다.

하지만 정당으로 등록되어 있고 정상적인 정당 활동을 하고 있다.

"그리고 최근 들어서 극단적으로 세력을 늘리고 있습니다."

"어떻게요?"

"중국인들이 엄청나게 많아졌거든요."

호주는 이민자를 많이 받는 국가로 소문이 나 있다.

그럴 수밖에 없는 게, 땅은 엄청나게 넓은 데 반해 아직 인구가 적은 편이기 때문이다.

그래서 이민자를 받아서 인구를 늘리기 위한 정책을 쓰고 있는데, 문제는 이민자가 많은 나라들이 정해져 있다는 것이다.

보통 인프라가 완성된 미국이나 유럽 쪽의 사람들은 호주로 이민을 올 생각이 별로 없어서, 인프라가 별로 없고 살기 힘든 나라 사람들이 주로 이민을 온다.

그중 하나가 바로 중국이다.

"현재 주요 정당들은 중국계 이민자들에게 구걸을 하다시피 하고 있습니다. 그들의 숫자가 엄청나게 많아져서 선거에서 절대적인 힘을 발휘하고 있거든요."

"무슨 뜻인지 알겠네요."

주요 정당들은 오로지 표만을 바라본다.

그리고 그 말이 사실이라면, 기존에 있던 사람들이나 알게 모르게 인종차별을 하고 있던 사람들은 자연스럽게 화가 날 수밖에 없다.

"주요 정치인들이 중국어를 배워서 중국어로 표를 달라고 홍보하고 있으니까요."

백인들로 이루어진 정당이 중국인들에게 구걸하는 게 자존심 상할 것이다.

그런 이들이 자유호주당에 가입하면서 그들의 세력이 점점 강해지는 상황.

"그리고 그 뒤에서 자금을 지원하는 게 바로 울트라화이트 군요."

"네."

"그래도 울트라화이트는 폭력 조직 아닙니까? 아무리 자유호주당이라는 곳을 지원한다고 해도 범죄자들인데요? 경찰이 제압 못 합니까?"

"확실한 증거가 없으니까요."

그들이 질이 나쁜 범죄를 저지른다는 건 알고 있다.

하지만 증거가 없다.

그들의 땅은 주요 경찰력이 미치지 않는 곳이다.

"호주 땅은 넓습니다. 경찰의 힘으로 커버되지 않을 정도로요."

실제로 공식적으로 호주는 총기 통제국이지만 또 한편으로는 농장주들에게 총기 허가를 내주고 있다.

워낙 땅이 넓다 보니 도심지에서 먼 곳에 있는 농장까지 출동하려면 몇 시간씩 걸리기 때문이다.

그렇다고 각 경찰서마다 헬기가 있는 것도 아니고.

도심지라는 것은 핵심 도심과 주변의 작은 도심 그리고 교외 지역, 마지막으로 농장 지역으로 구분된다.

"헬기 같은 건 핵심 도심에 위치한 대형 경찰서에나 간신히 한두 대씩 있으니까요."

그러니 농장 지역까지 출동하려면 일이 복잡해진다.

일단 관할이 달라져 버리니까.

"그리고 헬기로 출동한다고 해도 시간이 좀 걸리고요."

만일 위험한 야생동물이 나타났다고 하면 헬기를 출동시키기도 애매하다.

"그래서 농장주들은 무장을 갖추고 있지요. 그리고 울트라화이트는 그런 농장 지역 바깥에 농장이나 기지를 만들어서 활동합니다."

공식적으로는 농장이지만 현실적으로는 그들의 기지다.

당연히 그 안에는 엄청난 양의 무기가 있으리라고 예상된다.

"그곳을 습격하자니 위험도도 있고요."

그래서 지금까지 호주 경찰은 그곳을 그냥 뒀다고 한다.

그 미친놈들과 싸우게 되면 총격전이 벌어지게 될 테니까.

"흠……."

노형진은 빌 조던의 말에 심각한 얼굴로 턱을 문질렀다.

이 말대로라면 그들을 잡는 것은 절대 쉬운 일이 아니었다.

"그런데 이번 사건은 상당히 심각한 문제입니다."

호주 지역에서 계속해서 실종 사건이 발생해 왔다.

호주는 워낙 땅이 넓고 위험한 짐승도 많기 때문에 동물에게 습격당했다고 생각한 경우도 있고, 또 길을 잃어버렸다고 생각한 적도 있으며, 비자가 끝나 가자 불법 취업해서 숨어 버렸다고 생각하기도 했다.

"하지만 그 사진을 보면 그 미친놈들이 사람들을 납치해서 노예로 부려 먹고 있는 걸로 보이니까요. 그래서 이번 사건은 호주 경찰 내부에서도 쉬쉬하면서 조용히 수사 중입니다. 공개수사를 하면 이 미친놈들이 뭔 짓을 할지 모르니까요."

아마도 사람들을 죽여 버리고 잠수를 타 버릴 가능성이 높다.

현실적으로 다 죽여 버리고 모른 척한다면 호주 경찰에서는 울트라화이트를 어떻게 통제하는 게 쉽지 않은 것도 사실이고.

"다른 조직일 가능성은 없습니까?"

물론 그들이 가장 의심스럽기는 하겠지만 인종차별 조직은 한두 개가 아니니까.

"인종차별 조직은 생각보다 많지만 현실적으로 그들이 맞을 겁니다."

노예라는 것은 기본적으로 뭔가를 생산하게 하기 위한 존재다.

그리고 그 생산을 위해서는 땅이든 공장이든 뭐든, 생산 시설이 있어야 한다.

그런데 다른 인종차별 집단에는 그런 곳이 없다. 오로지 울트라화이트만 어마어마한 양의 땅이 있다.

"그리고 울트라화이트의 논조도 문제이지요."

그들은 다른 인종차별 주의자들과는 좀 다르다.

다른 인종차별 주의자들은 백인이 다른 유색인종보다 우월하다고 주장한다.

하지만 울트라화이트는 그것보다 더하다.

백인을 제외한 다른 유색인종들은 노예라고 주장한다.

"그리고 이 사진을 보면 실제로 이들은 노예 취급을 받고 있지요."

충분한 공간과 극단적 주장 그리고 노동력. 모든 게 맞아떨어진다.

"다른 피해자는 없나요? 여성이라든가."

"다행히도 없습니다. 저희가 알기로는요."

그 이유도 참 웃긴 게, 울트라화이트가 고자 집단이라서가 아니라 유색인종과의 관계를 극도로 혐오하기 때문이다.

"그들 입장에서는 유색인종과의 관계는 수간이나 마찬가지거든요."

그래서 의심스러운 강간 사건은 별로 없었다고 한다.

물론 실종 사건이 없는 것은 아니지만.

"하지만 그 관련된 증거가 지금까지 없었으니까요."

경찰도 그 안에 들어갈 방법이 없으니 확인할 방법도 없었다.

"아, 도착했군요. 사진 속의 위치가 여기입니다."

그러는 사이 차량은 도로 한복판에 멈췄다.

노형진은 내려서 주변을 둘러봤다.

아무것도 없는 텅 빈 공간. 도무지 어디로 통하는지도 알 수 없을 정도로 넓고 황량한 사막.

"사진 정보 위치상 여기가 맞기는 합니다만, 저희가 왔을 때는 아무런 증거도 없었습니다."

"그랬겠지요."

노형진은 눈을 찌푸리며 말했다.

"이 도로는 자주 사용되나요?"

"그럴 리가요. 하지만 일단 다른 도시와 연결되어 있으니 완전히 사용되지 않는 건 아닙니다."

쭉 달려가면 다른 도시와 연결되는 도로.

"그러면 이쪽으로 갔을 가능성은 없군요."

"그럴 겁니다. 아마도 중간에 내렸을 겁니다. 문제는, 이쪽으로 가면 거대한 황무지가 나온다는 건데……."

그곳은 너무나 거대해서 감시가 불가능한 수준이다.

"헬기나 비행기는요?"

사람이 살기 위해서는 아무리 그래도 뭔가가 있어야 한다. 집이든 텐트든 말이다.

하늘에서 내려다보면 뭐라도 보여야 정상이다.

"물론 농장 같은 게 군데군데 있습니다. 그런데 문제는 한두 개가 아니라는 거지요. 그리고 제 경험상, 그런 공간은 일종의 천으로 덮어 두더군요. 하늘에서 보면 천만 보일 뿐이지 정작 건물은 안 보입니다."

하늘을 날아다니며 이 넓은 황무지를 직접 확인하려 들면 족히 1주는 걸릴 것이다.

거기에다 의심스러운 곳은 내려서 확인한다고 하면 시간은 더 걸릴 테고.

"더군다나 무슨 공장 같은 거라면……."

당연히 더 답이 안 나온다.

"아마도 공장은 아닐 겁니다."

"어떻게 확신하시지요?"

"그들의 옷 때문이지요."

사람들이 입고 있는 옷은 걸레짝이 되어 안쪽의 속살이 다 보였다.

"그런데 피부가 죄다 탔더군요. 그건 야외에서 일한다는 뜻입니다."

공장이나 광산 같은 공간은 빛이 들어갈 일이 없다.

그러니 살이 타지는 않았어야 한다.

하지만 그들의 살은 시커먼 색으로 타 있었다.

"하지만 밭에서 일한다고 하면, 그것도 이해가 안 갑니다.

밭에서 일해서 수익이 나는 게 얼마나 된다고요? 아, 물론 농작물을 이용해서 수익이야 낼 수 있겠지요. 하지만 노예까지 운영해 가면서 수익을 낼 수 있는 사업이 얼마나 된다고요?"

"글쎄요……."

노형진은 잠깐 고민하다가 혹시나 하는 생각이 들었다.

"야, 너 사진 아직 가지고 있지?"

"어? 있지."

"잠깐 줘 봐."

노형진은 오광훈에게서 사진을 받아서는 뚫어져라 살펴보았다.

그리고 사진 속의, 빛에 반응하지 않은 뒤쪽 사람들을 유심히 살폈다.

처음에는 빛이 거기까지 들어가지 않아서 그런가 생각했다.

하지만 밀폐된 공간, 그 안에까지 사진기의 빛이 들어가지 않을 이유가 없다.

더군다나 그렇다고 해도 문이 열리는 순간 그쪽으로 시선이 돌아가는 것이 보통이다.

"이 사람들도 그렇고."

문이 열리고 쏟아져 들어온 빛을 보고 엉겁결에 눈을 가리며 얼굴을 찌푸리는 것, 그게 일반적인 반응이다.

그런데 그들은 반응하지 않았다.

물론 체념한 것일 수도 있겠지만……

"이들의 반응을 보면 꼭 마약중독자 같네요."

사진의 뒤쪽, 맨 안쪽에 있는 사람들.

그들의 멍한 표정.

"마약요? 하지만 마약은 비쌉니다. 아무리 그래도 울트라화이트가 마약을 주지는 않을 텐데요?"

"그렇지요. 하지만 자연스럽게 접촉할 수 있는 거라면 이야기가 달라지지요."

"자연스러운 접촉이라……. 자연스러운 접촉……."

빌 조던은 눈을 찌푸렸다.

"마약을 키운다고요?"

"그렇습니다. 자연에서 나오는 마약류는 많으니까요."

마약의 역사는 길다. 지금이야 엑스터시 같은 화학적 마약이 대세이기는 하지만, 원래 마약은 자연에서 나온다.

애초에 마약의 대명사라고 할 수 있는 코카인 역시 코카나무에서 성분을 추출해서 만든다.

"마약이라니…… 끄응……. 그러고 보니……."

그는 기억난다는 듯 심각한 표정이 되었다.

"오피움 유통이 있다는 이야기가 있던데."

"오피움?"

"아편."

오광훈의 질문에 노형진은 짧게 말했다.

"아편이라면…… 가능할지도 모르겠습니다."

대마초는 기르기가 좀 까다로운 타입이고 코카나무들은 그 높이가 좀 되는 편이다.

그에 반해 아편의 재료가 되는 양귀비는 그 높이가 낮다.

"아까 천으로 덮어서 뭔가를 감춘다고 하셨지요? 만일 아편밭이라고 하면 가능하겠습니까?"

잠깐 고민하던 빌 조던은 고개를 끄덕거렸다.

그리고 넓은 땅을 돌아보았다.

"충분히 가능하지요."

아편은 양귀비라는 꽃에서 추출한 물건으로 만든다.

그런데 양귀비는 다른 대마나 코카나무보다 숨기기가 훨씬 쉽다.

다만 잎이나 열매를 통째로 쓰는 게 아니라 그 봉오리에서 수액을 채취해야 해서 노동력이 많이 필요하다는 게 문제다.

"양귀비가, 노동력 문제만 해결하면 돈이 좀 되기는 하지요."

공짜 노동력, 그것도 마약에 중독된 노동력이 충분히 있다면?

"양귀비라……."

빌 조던은 심각한 표정이 되었다.

"확실히 그럴지도 모르겠네요. 한번 키워 두면 편하니까."

양귀비의 봉오리에 상처를 내면 거기에서는 하얀 수액이 나온다.

그걸 모아서 가공하면 아편이 된다.

그 중독성은 어마어마해서 중국이 망할 뻔했고, 그 때문에 중국은 지금도 마약이라고 하면 눈을 뒤집는 성향이 있다.

"그리고 양귀비가 완전히 죽기 전까지 몇 번이나 채취할 수 있으니까."

마약 업자에게는 아주 좋은 돈벌이 대상이다.

"그 과정에서 노예로 잡혀간 사람들이 거기에 노출되겠지요."

대마나 코카는 그 성분을 강화하는 과정이 필요하지만 양귀비는 그 과정이 필요 없을 정도로 기본적으로 강한 성분을 지니고 있다.

노예로 잡혀 와서 고통스럽게 사는 사람들에게는 강력한 유혹일 수밖에 없다.

"그들 입장에서도 손해는 아니고요."

마약에 중독되는 순간 그들은 도망가지 못한다.

그러니 몰래몰래 마약을 하는 걸 그냥 둔다.

실제로 마약을 키우는 많은 사람들이 마약 농사를 포기하지 못하는 이유 중 하나가 바로 마약중독이다.

마약 농사를 할 때는 자기가 얻은 마약을 조금만 가공하면 되는데 그걸 그만두고 사서 쓰려고 하면 그 가격이 실로 엄청나니까.

"아까 울트라화이트가 자유호주당의 든든한 후원자라고 하셨지요? 울트라화이트에 그 정도의 돈을 모을 수 있는 사업이 있나요?"

"없지요."

빌 조던은 고개를 흔들었다.

"이건 아무래도 위에 이야기해서 해결해야 할 문제 같군요."

실종된 사람들의 구출도 구출이지만 마약까지 관련된 거라면 절대로 그냥 넘어가서는 안 될 일이다.

"어쩌면 쉽게 사건을 해결할 수 있을지도 모르겠군요."

노형진은 안도의 한숨을 내쉬었다.

대단위 마약 재배는 전 세계에서 위법이니 당연히 그 안에 있는 사람들을 구하는 구출 작전이 벌어질 테니까.

"우리는 이제 기다리기만 하면 되겠습니다."

노형진은 차에 올라타면서 미소 지었다.

진짜로 그렇게 끝날 줄 알았다.

진짜로.

다음 권으로 이어집니다

이것이 법이다